蛋碎乌托邦

余 一 著

ZHEJIANG UNIVERSITY PRESS
浙江大学出版社

目录

第一章　风起萍末

"志玲姐姐在上厕所,大家快去看啊!"

不知谁喊了一声,汹涌的人潮登时改变了流向,呼啦一下朝附近的那个公共厕所涌去。余一面前本来人满为患——全是他的粉丝,在拥挤着索要他的签名。近来流行以偶像名字中的某一字的谐音给粉丝群体取名,比如李宇春的粉丝叫"玉米",陈楚生的歌迷叫"花生",余一的粉丝们也不能免俗,自称"鱼鳞"。此时千百个鱼鳞一下散尽,余一揉着签名签得酸疼的手指,突然想到了"人为刀俎,我为鱼肉"八个字,感觉自己成了一条被刮得光秃秃的鱼。

这是他的签售会。多年来殚精竭虑、辛苦构思,终于雄鸡一唱天下白,自己写的第十九本书,成了畅销书,他成了名作家。这次出版方为壮声势,不惜血本请来大明星志玲姐姐助阵。文娱不分家,这倒是精妙的营销招数。消息传出,鱼鳞们铺天盖地而来,争睹偶像风采。余一从未像这样成为万人瞩目的焦点过,不禁浑身发热,心头亢奋。不想志玲姐姐还未露面,只是在公共厕所里来一次正常的生理代谢,就能让他多年来孜孜以求的场面瞬间崩溃。

"大明星就是大明星啊。"余一酸溜溜地想,"不过,大明星如厕……能看得见吗?"

他放下签字笔,也跟着鱼鳞们跑过去。

耳边人声鼎沸，余一的脑袋被吵得"嗡嗡"直响。有人在用手机兴奋地向朋友报道："没错！就是志玲，她就在前面上厕所！我好像看到了，我看到了！……"众人听得这话，纷纷伸长了脖子，翘首张望。余一觉得自己都被挤得变了形，成了水的状态，后浪推前浪，终于"流"到了最前端。只见两个女的（应该是传说中的"助理"）守着厕所门，而十几个健硕的保安则排成人墙，抵抗着人潮的冲击。众人无比兴奋，有的用手机，有的用相机，对着厕所门"咔嚓咔嚓"地拍……一分钟，两分钟，五分钟过去了，志玲姐姐始终按兵不动。"志玲！志玲！"人潮开始发出雷鸣般的声音，似有冲破厕所之势。

千呼万唤之中，志玲姐姐终于闪亮登场。都说"排毒养颜"，经过刚才那一阵漫长的"排"，志玲姐姐的"颜"更加娇艳动人了。只见她轻启朱唇，粲然一笑，余一登时目眩神驰。

在尖叫声中，保安簇拥着她艰难地朝前移动。余一突然想起自己的身份，赶紧钻出人群，返回签名台。

主持人将余一和志玲安排在镜头前，让大明星对余一说几句话。志玲姐姐便对余一嫣然微笑，用萌得要命的招牌声音说道："余一，加油啊！"这让余一立即想起电影《赤壁》里那句经典台词："萌萌，撑一住一啊！"

不知是因为肉麻还是激动，余一感觉头皮一阵发麻。突然传来一阵粗鲁的叫喊："闪开，闪开，让我过去！"顺着声音望去，余一只见一面微秃的脑门在人群中闪闪发光。余一大吃一惊，原来是刚刚将自己炒了鱿鱼的报社主编！只见他朝余一和志玲姐姐稍一打量，突然蹲下，后腿弯曲，两手据地，嘴巴里"呼噜呼噜"吐纳不止，两腮鼓起，面目胀大，眼睛突出于脸孔之上，身体缩成一只蟾蜍的模样，猛然从嘴里喷出一口黑气……

余一顿时被一阵恶臭熏得眼睛都睁不开,好不容易睁开了眼睛,才发现自己在做梦。半梦半醒地意识到这一点后,余一赶紧自我催眠,生生将自己拉回梦乡。但那臭气越来越浓,难闻至极,余一怎样也睡不安稳,最终只得摸出一把不知从何而来的刀子,朝主编一连捅了五次,这才决定醒来。醒来后,余一以手抚膺,坐起长叹。

余一所处之地名叫赵庄村,北京五环外的城乡结合部。村里有一个垃圾焚烧场,据说是五十年前兴建的。此处每夜焚烧垃圾,臭气弥漫,举村掩鼻。据说,由于常年呼吸毒臭空气,村里有不少人中年身患恶疾,不治而亡。

他犯起了记者的职业病,开始在脑袋中构思如何写个稿子报道这件事,为赵庄村村民鸣不平。构思到一半的时候他才想起自己已经不是记者了,懊丧地叹息一声,伸手去关了关窗户,试图阻止臭气涌入。把手机开机,发现才凌晨一点。他低低咒骂一声,关上手机,扔在床头。

正准备拿被子蒙住头,好重入梦乡与志玲姐姐相会,余一却听到走廊里传来说话声。他一骨碌爬起来,用 1.5 秒叠好被子,0.5 秒穿上鞋子(衣服是不用穿的,因为没有脱),再思考了 0.01 秒,决定钻进卫生间暂避。——他有多种脱身办法,每次都采用第一个来脑袋中报到的那一种,这次是这个计策最先浮现,于是"得策即行"。

刚将卫生间的门从里面闩上,就听到有人边说话边进入了房间。"好险!"他想,"我的动作诚可谓迅雷不及掩耳。"

进来三个人,一男两女,其中一个女的是这个宾馆的服务员。她将房客带入房间后,简单介绍两句就匆匆离去了。余一呆坐着,在脑海里想象她走下楼,进入房间,钻入被窝,关上灯。这时候,他已经准备好脱身之计——将抽水马桶冲水,装作便事已毕,然后打开厕所门,对目瞪口呆的房客解释:自己房间的马桶坏了,半夜拉肚子,就出来找厕所,看到这个房间没有人,于是进来一用。然后歉意地笑笑,打开厕所旁的房门,在房客还在愣神的当儿逃之天天。

然而,他刚刚将手指放上坐便器的抽水按钮,就听见厕所门"咚"的一响,吓了他一跳:难道要被迫开门,化主动为被动不成?还没来得及反应,又听见有个男人粗重喘息,催促道:"快点,快,先别上厕所,我有感觉了……"接着是解裤带的声音,然后是一个女人"啊"的一声轻叫,同时厕所门又"咚"地一响——余一愣了几秒,突然明白,原来两人兴之所至,在厕所门前嘿咻起来。看来脱身之策暂时无法实施了。

不过他并未大饱耳福。只听厕所门"咚咚咚"响了三下,女人"啊啊啊"叫了三声,突然一声男人的低吼,此后便天地无语,万籁俱寂。余一大惑不解,心想这是什么意思?三次冲锋就缴枪投降了?这快枪手也太快了吧?但也许那哥们是在蓄势待发——旅途劳顿,体力不支,稍事休息再大举进攻,也是可以理解的。然而等待良久,厕所门始终没有再"咚"的一响。倒是后来,突然传来嘤嘤的哭泣——是那个女的在厕所门前哭。

余一暗自叹息,心中若有所悟。刚才自己也"全身血液集中于一点",坚硬如铁,此时也慢慢软将下来。他想事不宜迟,再拖下去不知还会发生什么状况,还是赶紧脱身为妙。于是省却了冲水的环节,直接拉开厕所门。

映入眼帘的情形让他惊慌失措：那个女的蹲在地上，两只手捂着脸在哭，裤子却没有拉上，将一个雪白的屁股对着自己。那个男的——应该说男孩——倒是提上了裤子，但皮带没有系上，坐在床边，一副垂头丧气的模样。两人这种对下半身着装敷衍了事的态度，搞得屋内一派颓靡气氛。余一开门的声音不大，那个女的虽然近在咫尺，但由于专心哭泣，竟然没听见。反倒那个男孩惊起抬头，一脸茫然与讶异。余一向来"泰山崩于前而目不瞬"，自认为颇有大将风度，此时与他目光一碰，竟然语无伦次起来："我，那个啥，厕所……坏了，借用一下你们的。不好意思……"

　　边说边接近房门，一把拉开，用百米冲刺的速度蹿出那个"咸亨旅馆"。

　　脱离了暖气的呵护，门外的寒冷让他浑身一缩。冷风像是极薄的刀片，在他脸上纵横刻画，他似乎能听到刀锋割开干燥的皮肤，发出丝丝拉拉绽裂的声音。他迎着风拼命奔跑，一方面是想离开咸亨旅馆这个是非之地，另一方面想让身上热乎一些。脸上很痛，脚下很快，这，就是传说中的痛快吧……

　　不知跑了多久，突然觉得眼前有些模糊，伸手一摸，两只眼睛都在流水。他吃了一惊，难道我哭了？他查探一下内心，并没有伤悲痛楚的感觉，想来那不是哭。可能只是冷风刺激的缘故，属于自然生理现象，就像喝多了酒会呕吐，那是胃的自我保护。如此想罢，他也不伸手去擦，就让双眼"呕吐"不已，脚下却毫不停歇，继续迎风奔跑。突然记起谁说过，"在风中奔跑，感觉自己像一个传奇"，此刻的他却只感觉自己在喘气……后来还是觉得脸上有些异样，伸手去摸，竟然摸到两条泪水冻成的冰溜子来！——北京之冷，以至于斯！他停下脚步,开始为过夜问题担忧。

他驻足的地方,是一个名叫"紫穗山庄"的高级住宅小区,虽然已是深夜,居民楼上还有灯光。他想,一百多平方米的大房子,即便是客厅的地毯,也可以让他躺在上面度过温暖的一夜。可惜,"莫弹食客铗,莫扣富儿门",残羹冷炙有德色——况且残羹冷炙都不愿施舍呢!他摇摇头,阻止自己产生莫名而无聊的仇富心理。转向东北方看去,大约二里路的地方,似乎是一幢还没有完工的建筑,里面也有灯光。看到那处灯光,余一的心里油然一暖。那是自己认识的民工兄弟们在深夜加班,从影影绰绰的人影推测,大约是在粉刷大楼内部。如果此刻去那里,一定是能找到一处安歇之所的。一瞬间,他陡然产生了一个想法:在人类的温情总量里,穷人间的相濡以沫,远大于富人的慷慨施舍。

他想了想,决定还是不去打扰民工兄弟了,回自己的蛋形蜗居去。

这个蛋形蜗居就停在紫穗山庄后面的公园里,草绿色,与周围的草坪浑然一体。它的发明者名叫梅翔,曾经名盛一时。那时他刚毕业于湖南一所大学,来北京做北漂。京城物贵,居住不易,他感觉工资收入难以承当高昂的房租费用,焦虑很久之后,灵机一动,便发挥他建筑设计的专业所长,用竹片、钉子、草籽、保温膜等材料,制造出了一个蛋形小屋,然后搬进去居住,在里面做了几个月的"鸡雏"。这事引起一家媒体注意,偶然一报道,轰动全国,一时间梅翔的蛋形蜗居成为老百姓对抗住房压力、"自居其力"的美谈。有人说他是"会下蛋的公鸡,是公鸡中的战斗鸡"……然而,一些"正义之士"听到了消息,说他"妨碍市容",一定要他"鸡飞蛋打"。余一当时刚失业——应该说是"被失业"。他正好在构思一本名为《神都闻见录》的书稿,他要靠这本书咸鱼翻身要扬眉吐气要平步青云要名满天下……所以听到这个消息,立即赶往现场,打算以这件事作为开篇第一章。

然而,人同此心,心同此理,他以一个前新闻记者的嗅觉看出这件事的价值,其他在其位谋其事的人也没理由看不出来。所以他赶去时,已有不少记者在守株待兔,就等着正义之士及时出现,好长焦短焦,长篇短篇,做出精彩图文报道。余一还遇到几个熟人,有些不好意思——不久前还能在媒体界专门举行的比赛里一起踢球,现在却被踢出了圈外。想到"圈外"这个词时,他决定将它读为"juàn"外,猪圈的"圈"。这个圈里充满了猪,以自己的前主编为代表……几位熟人对余一的遭遇深表同情,说了不少痛斥主编、安慰余一的话。但除此之外,他们无一伸出援手,就算他们的单位正在招聘员工,也无人表示要举荐自己。他知道,这个圈子是声气互通的,内部人员的新闻比国家大事传播得还快,自己肯定被主编添油加醋渲染了一番,整个圈子都将对自己"敬鬼神而远之"了。这次失业,很可能是自己在媒体圈的最后一次失业。

余一和这伙媒体大军埋伏良久,却不见正义之士出现,想来人家也消息灵通,不会拿自己的脑袋去撞媒体的镜头。傍晚下班时间一到,大家终于军心涣散,纷纷撤退。但余一想,此消彼长,我退敌进,也许再坚持一会,就能等到精彩画面出现。所以他并不跟随大军撤退,而在附近一个小屋里和保安套起近乎来,边聊天边等待。

果然,在接近吃晚饭的时候,梅翔掀开蛋居的小门进去准备安歇时,三个正义之士悄悄登场,确信附近没有记者,这才大模大样地走到蛋居前面,"砰砰砰"地拍打,将梅翔震了出来。

"叫你赶紧搬走,你听不懂人话是不是?要逼着我们动手帮你搬?想节省搬家费?告诉你,我们如果动手,可不会客气,你就准备来收拾垃圾吧。"一个正义之士对梅翔厉声训斥。

梅翔分辩说,暂时没找到房子,找到后一定立即搬走。但正义之士不依不饶:"不行!明天如果还停在这里,我们就把它给拆毁了。这是最后一次警告,别怪没通知你。"

梅翔说:"那叫我去哪里住呢?"

"你去哪住跟我们有什么关系!爱去哪去哪!反正明天这个时候我们还会来,到时带着工具,你不搬走我们就拆!"

三人发完威风,扬长而去。

余一将这一幕尽收眼底,看梅翔还呆立在那里,便走过去,一边掏出记者证给梅翔看,一边安慰他:"以卵击石,吃亏的还是自己,你还是想想办法吧。"

梅翔说:"没有办法呀,付不起房租,去朋友那里借住也不是长久之计。"

余一想了想,这个人眼下正是新闻人物,如果能和他建立不错的私人关系,那绝对会比一般的记者有优势。于是余一决定带他去个地方。

那是不远处的一个小区。楼盘刚建成不久,售楼处的广告画美轮美奂,有恩爱的夫妻,有快乐的孩子,有亲昵的情侣,有双腿纤长的时髦女郎;有水池,有草地,有正在开花的树,还有一只巨大的色彩斑斓的蝴蝶,停在一朵花上,像是在对它说悄悄话……余一每看到这样的效果图,就觉得它是那么有效果,可以迅速地让自己一阵心酸。——自己何时才能成为这效果图中的一个人呢?

他们朝楼上一看,万家灯火。梅翔一脸疑惑,问:"带我来这里干吗?"

余一说:"看到那些亮着灯的房间了吗? 我跟你打赌,随便找一间,里面都空无一人,你信不信?"

梅翔面露诧异之色:"怎么可能? 我不信。"

余一料他不信,嘿嘿一笑,说:"那咱们去验证一下。"

于是他俩悄悄地潜入楼道,随便推开几户的门,里面灯光明亮,却不见一个人影。梅翔大奇:"还真没有人住,连个家具都没有,灯却亮着,这是怎么回事?!"

余一笑道:"我如果告诉你,这里面在闹鬼,你信不信?"

刚才梅翔"闻言不信",此时亲眼目睹,已经信服。余一忽然说了一句"鬼话",吓得他毛骨悚然。明知该说"不信",但不知怎地,就是不能大胆说出来,只是悚然看着余一。

"别害怕,我说的鬼是人弄的鬼,不是真鬼。"余一赶紧安抚他,"你知道为什么没有人住却大亮着灯? 这只是一种策略! 亮着这么多灯,说明入住率高,空置率低,商家可以以此证明,自己的房子有众人哄抢,值得购买。有关人士则更愿意看到这一幕,因为他们在写报告时可以理直气壮地说:全国楼市没有泡沫……"

"噢——原来是这样!"梅翔恍然大悟。

"你明天就来这里住吧。"余一说,"我在这里住过好一阵子。此处水电齐全,暖气充足,只要进小区时不被保安拦住就可以安心享用。不过,放心吧,他们的拦截能力很差。唯一需要注意的是,不要将生活用品留在房间里,因为白天售楼小姐有可能带顾客来看房,到时候被抓到'赃物'就不好了。你先在这里暂时渡过难关,等找到合适的房子,再搬过去也不迟。"

梅翔大喜："哥,你真是太有办法了!多谢你了!"

余一说:"不谢,江湖救急,当仁不让。再说这房子也不是我的,我也是在慷他人之慨。不过,你那个蛋居怎么处理呢?"

梅翔犯起愁来:"先把它拉出公园放在路边吧,希望他们不要管。如果他们还要强行干涉,那就没有办法了,只能叫他们拆碎。"

余一考虑了一下,说:"我看你那个蛋居下面装有轮子,搬运方便。你既然没法继续使用它,可不可以考虑转让给我?"

梅翔一听,正中下怀:"可以啊,怎么不可以,完全可以!求之不得!我可以半价卖给你。可是你有办法用它吗?"

"嘿嘿,当然有办法!你之所以不能在蛋里蜗居下去,是因为你被工作所累,不能让蛋运动起来,蛋在你那里只是一枚'死蛋'。你建好后,就放在原地,坐等正义之士来拆,岂不是困守孤城,还叫嚷着'御敌于国门之外'?哥哥我在社会上混久了,长期与社会上的各种管理者——城市管理者、旅馆管理者、学校管理者、物业管理者等——打交道,熟悉各种管理漏洞。我有信心让这个蛋运动起来,在各种漏洞中'滚蛋'不止,从而叫它坚固挺立,永不破碎!"

梅翔此时已经对余一非常信服,对他这话一点都不怀疑,于是当下就达成交易,将蛋居以三千块钱的价格卖给了余一。

那三千块钱是余一与女朋友洛宛分手时洛宛给他的"青春损失费",是余一压箱底的最后一笔财产。余一本来准备拿它当生活费支撑一段时间,此时一把散尽,却觉得物有所值。余一曾经身在传媒界,对许多炒作内幕知之甚详,他已经和诸多幕后推手有一个共识:人,普通人,是可以通过科学的炒作手段,成为名人的。这个蛋形蜗居,本身就是吸引眼球的热点事物,梅翔就是一个例子。待余一住进这个蛋居,各大新闻媒体抢先采访报道,到时候他在接受采访的时候,表现得特立独行一点,蛋在人在,蛋亡人亡,不消几日就会成为网络红人,接下来再马上推出自己的《神都闻见录》,借势进行宣传,去哪都带着这个蛋,来一个史无前例的"蛋炒书"。而在此之前,还可以用它驱寒保暖,解决栖身问题,可谓一蛋二用,一举两得。

从此,余一怀揣着"被拍"的梦想,开始了在京城内的"滚蛋"生涯,见缝就钻,无孔不入。不料,滚了几个月,都没有媒体对他感兴趣。主要梅翔刚建修蛋的时候,各大报纸都已经相继报道过,新闻已经不再新鲜,虽然蛋的主人换了,但是别人关注的是蛋,而不是人。好不容易,有个找不到素材的记者撞见余一和蛋,发现曾经还相识,起了采访之意。余一大喜,两人一起喝了一顿酒,那位记者随意地采访了几句,承诺见报,之后便无音讯,害得余一为那酒钱心疼了好久。

蛋,最终滚在这公园里,还是因为余一有一次无意中救助了在紫穗山庄小区物业处做绿化工的徐阿姨。徐阿姨出于恩情,向自己所在的物业公司说情,让他的蛋停在小区公园里。其实那个公园面积很大,余一的蛋远远放置在公园的一角,对居民并无影响;而且蛋的颜色是淡绿的,与周围景致很协调,甚至像是个专门摆放在里的艺术品。余一眼看着炒作无望,蛋也开始老化,于是结束了"滚蛋"生涯,在紫穗山庄安定下来。

在入住的当晚,余一开写了《神都闻见录》的第一章,命名为《蛋》。他写道:"诚如日本作家村上春树所言,'我们每个人,或多或少,都是一个蛋'。而不远处有一堵虎视眈眈的高墙,随时想撞过来,将蛋撞成碎片……无论如何,我都要秉奉村上的态度:'在一堵坚硬的高墙和一只撞向它的蛋之间,我会永远站在蛋这一边。'"余一想,也许说站在捣蛋者一边更为确切些,不过作为初稿,先这么YY(意淫)一把吧。

这就是余一的这个蛋的来历。

余一走到紫穗山庄大门前,保安室里的小汪正闭眼流着口水、点头不止。他想此时如有窃贼光顾,见到小汪这个模样,可以笑得瘫倒在地爬不起来,从而被当场抓获——保安的保安功能就在于此。余一决定不搅扰他打瞌睡,悄悄溜了进去。

掀开蛋形蜗居的门,弯腰进去,余一发抖的频率稍稍减低了些。他脱鞋上床,将被子裹在身上,发抖频率又随之稍降。这让他想起一个段子,说是某人爱放响屁,引起周围人不满。某天,大家发现他浑身发抖,问是怎么了?他说:你们不是嫌我放屁响吗,我给调成振动的了!想罢,他在黑暗中无声地大笑了几下,觉得自己非常有幽默细胞,每次都能成功地将自己逗乐。但老这么振动也不是过夜之法。他便将被子放下,平躺在宽度不到一米的小床上,仰卧起坐几十次,终于使身上暖和了起来。想起大学时,每天只需做一次仰卧起坐——晚上仰卧,早上起坐,何其幸福哉!今昔对比,余一不由得黯然神伤。但他早已练成一项绝技,一旦发现自己要神伤,就赶紧转移注意力,坚决不伤下去。

身上是暖和了,可睡意也全无了,他只好拧开床头灯,用那点残存的电看了会《礼记》。文章说:"大道之行也,天下为公……鳏寡孤独废疾者,皆有所养。"他有些羡慕这大道之行的世界,但转念一想又不羡慕了:鳏寡孤独废疾者皆有所养,自己不属于这其中的任何一种,所以即使大道流行自己还是无人供养的。可是使自己沦落到这个地步的是谁呢?"夫何使我至于此极也?"

主编!那个城府深沉、口蜜腹剑的家伙,他为什么一定要跟自己过不去呢?

余一遥想当年,在他的少年时代,那个"焦点访谈"栏目,每期节目一播出,当真是焦点所集,举国关注。那些为民喉舌的记者们,激浊扬清,仗义执言,成了余一心目中的大英雄。也就是在那时,他便梦想着成为一个新闻从业者。寒窗苦读十几年,终于具备了能力,取得了资格,正欲持剑下山,过问人间不平事,这主编却处处给自己小鞋穿,打压迫害,无所不用其极,直至将他废黜。

余一想到这里,心中怒火便熊熊燃烧,浑身热得发烫,几乎要有自燃的趋势。他咬牙切齿地想,干脆拿一根木棍,候在偏僻处,等主编路过,兜头给他一棒,可以解去心头之恨。就各种报仇方式而言,以直接给对方造成肉体的痛苦最为过瘾,自己何不实行之?但想到从暗处偷袭不够光明磊落,还是找个机会跟他当面对垒,以自己的年轻而强健,对他的衰老而肥胖,还怕打不死他?何况不用打死,打半死就够了。这还不算痛快,如果那时能将《神都闻见录》写出来,获奖无数,畅销全国,然后将这本正在热销的书扔在他脸上,对他进行一次沉重的精神打击,岂不两全其美,到时恐怕自己都会开心死……

这样漫无边际地瞎想,灯光渐渐暗了下去,电力终于告罄。刚刚构想出来的报仇计划让余一心意平顺,怒火渐熄,身上又开始振动。他便转而想洛宛,想她如此决绝地抛弃自己,还在分手时不忘对自己挖苦奚落……怒火又死灰复燃。这火燃了一会,余一突然将脑袋里一个隐隐约约的念头烧了出来:洛宛刚和自己分手,主编就将自己炒掉,接着又听闻她闪嫁了一个比她年龄大许多的成功人士,难不成就是主编？他一骨碌坐了起来，脑袋"嗡嗡"直响，想到洛宛一直拿主编给自己做榜样，希望自己能向他学习，能像他那样攀爬到"上流社会"去……她对主编是无比欣赏的，主编也曾经多次称赞洛宛漂亮、能干，还费尽周折让洛宛做他的助理。

余一越想越觉得情况定然如此，对他们的仇恨登时又膨胀了一倍，黑暗中将牙齿咬得"咯咯"直响，脑袋里翻来覆去就是一句话：我要报仇……

不知折腾了多久，他终于筋疲力尽，再也不管寒气逼人，倒头大睡过去。

这一觉睡得扎实，接近昏迷，若不是门外的电话声不依不饶地响，他还会继续睡下去。他闷闷不乐地钻出门去，拿起听筒。那是一个公共电话，余一为了接听电话省点钱，就将蛋形蜗居摆放在电话旁边，就使它成了私人座机。

睡眼惺忪地"喂"了一声，就听见书再怒气冲冲地大叫："大叔，你他娘的这些天死哪去了？电话也不开机，短信也不回，座机也不接，跟谁玩消失呢？再消失几天我就报警了！"

劈头盖脸的一顿骂，让余一晕头转向。他抬头看了看四周，天光暗淡，万家灯火。"现在是晚上？"他问。

书再哭笑不得："那还用说，你又在干嘛呀，大作家？现在是……晚上七点十六分。"

"啊，竟然睡了一天，什么事？"

"你的手机被人捡了，我叫他们送到你家里，他们现在在你们那紫穗山庄门口，保安不让进来，你快去拿吧！"

余一一惊，伸手一摸口袋，手机果然不翼而飞了。他飞快地回忆了一下，确定是在咸亨旅馆里"遇险"时将手机扔在床头，慌忙之下忘记拿了。他赶忙挂了电话，飞奔出去。

到了紫穗山庄门口，果然看见小汪正在与一个男孩交涉，一个女孩在旁边静静地站着，几个行李箱子放在脚边。余一一眼认出他们就是昨夜的那对小伴侣。当时仓促之下无暇细看，这回终于见到了女孩的庐山真面目：面皮白皙，口鼻端正，不知是不是寒风吹拂的缘故，眼睛里有晶亮的水光闪现，颇有点动人之处。羽绒服，扎一条马尾，看年龄也不过二十来岁，在风中娉婷而立，像是一朵……想及此，余一的念头戛然而止，他觉得用花比喻女人太俗套。男孩的年龄与女孩不相上下，只是身板高大许多；平头，脸上的一些青春痘在灯光下显得雄赳赳气昂昂。

他走到近前，那男孩也认出了他，指着他对小汪说："我就是来找他的，给他送手机来了。"

正说着，只见一队人整齐地走了过来。"不好！"余一心里一激灵，"是正义之士！看来是冲着我的蛋居来的！"

小汪赶紧冲上去："各位什么事？"那群人停下脚步，面无表情地看着小汪，不吭声地走进大门。

余一撒腿就跑，然而怎么来得及！他看到徐阿姨正站在蛋居旁，似乎在等他，也无暇细说，气喘吁吁地指着正义之士们，说："他们……他们要来拆……"

说时迟那时快，正义之士们眨眼间就来到跟前，为首的那人问："这是谁的屋子？"

余一说："我的。你们想干什么？"

那首领打量了他几眼，从鼻孔里发出一声轻蔑的笑来，说："干什么？给我拆！"

帮众们一拥而上。

"慢着！"徐阿姨大喝了一声，"你们凭什么来拆？有正规文件吗？"

首领看了看徐阿姨，见她那神态语气，倒有点不敢小觑，于是从衣兜里掏出一张纸来，递给徐阿姨。徐阿姨看过，默不作声，将那文件递给余一，然后转身走开了，似乎是想脱身事外。

余一接过文件，眼睛一阵发黑：那是白纸黑字的正式公文，矛头直指自己的小屋。

"看清楚了吧？给我拆！"

"等一下！"余一叫道，"我还没看完！"其实以他的阅读速度，读这种营养全无的公文，不用两秒就可以扫描完毕。此刻他只能使缓兵之计，看能不能想到办法来阻挡。

"跟他废什么话，动手吧！"一个帮众建议道。

首领微微颔首，张嘴就要发布绝杀令。余一见势不妙，突然一声怒吼："慢！"众人都是看着他。"我上面有人！"余一摆着董存瑞的造型，自己也不知道为什么会说出这一句话。大家一时也愣住了。"我，我知道你们不信，你们别不信……"

余一的话还没有说完，那个首领的手机突然响了，一看来电显示，只见他不由自主地原地立正："领导，有何指示？啊？噢，噢噢噢，好……好好，好！"

接完电话，戾气重新回到脸上，不可思议地打量了余一两眼，悻悻地一挥手："走，收队！"

在场众人集体大吃一惊,以为是听错了。首领朝他手下不耐烦地再一挥手:"愣什么? 走!"

一帮人来也匆匆,去也匆匆。剩下四个人——余一、徐阿姨,还有那对不明就里跟过来看热闹的小夫妻——目送他们消失在转弯处,久久无语。

而后,三人像仰慕偶像一样望着余一。"你上面的人是谁啊?"那女孩问出了大家的疑问。"那个,那个,天机不可泄露。"余一不愧是见过世面的人,回答得非常自信,虽然他心里也非常好奇,自己情急之下随便讲的一句"上面有人",最后搞得好像还真的上面有人? 他比谁都想搞清楚是怎么回事。如果知道是谁的话,余一一定要抱着他大腿求他把自己的名气炒上去。

"管他们呢,反正没拆就好。"徐阿姨微笑着说,"对了,这两位是?"

余一赶紧喊他们过来,并跟徐阿姨说明了情况。

"是这样啊,那你们聊吧,我就是来瞧瞧你。"说完,徐阿姨离开了。

三人走进蛋形蜗居,余一叫他们坐在床上,自己垫一本书席地而坐。由于空间有限,他们的行李放在了门口。蓄电池经过一天休养,恢复了一点电力,余一拧亮了床头灯,只见那女孩的双颊被冻得如涂了胭脂一般,但也许是害羞之故,她与余一对视一眼后立即低下头去。余一不知怎么突然想起她雪白的屁股,不禁也有点不自在。那男孩将手机递给了余一,余一接过手机,表示了感谢,随后三人便相对无语,尴尬充满了小屋。这时灯光暗了下去,电力再次告罄。刚才是回光返照,这回是彻底玩完了。两人于是站起身来，准备告辞。余一赶紧说："你们吃饭了吗，一起出去吃点吧？"两人闻言，对视了一眼，余一以为他们至少要客套一下，但没有，男孩腼腆地说："好……那谢谢了。"

门口小饭馆里，三人各一大碗面，不交一语，闷头大吃。余一一整天没有吃饭，饥饿属于正常，但这两位也这么狼吞虎咽的，叫他暗暗诧异。吃完一聊，原来他们是一对小夫妻，男孩叫李定，女孩叫青青，都是山西人，准备进京来治病的。昨夜在旅馆床上发现了那个手机，也找不到机主，于是开了机，等着失主打电话来找。不料早上结完房钱，出去吃早饭时，身上的钱被偷得干干净净。两人在北京无亲无故，只得找了个地方暂避寒风，一边商量办法，一边等失主来联系他们。直到晚上书再打电话，才找到了这里。

余一听完，心里一阵感动——身上一干二净，一天没吃东西，在严寒里挨了一天冻，还想着归还失主的手机！世界上还有这样的人？一瞬间他产生了一个念头：虽然自己是泥菩萨过江自身难保，但对于如此善男信女，实在有义务将他们渡到彼岸去。但他现在已经不是当年那个怀揣着"仗义执言"的梦想的良好少年了，倒是更像巴尔扎克笔下的葛朗台——葛朗台一心敛财，无论看什么眼睛里都发着金子的光芒，余一现在一心想成名，一举手一投足，都在想这个举动是否有助于自己成名。他有时如此自嘲：当年太掏心掏肺，掏完了狼心狗肺，导致现在没心没肺……此时他看着李定夫妇，想，这两张淳朴洁净、尚未被风尘沾染的白纸，自己将能在他们身上做出怎样的文章来？在自己成名的道路上，他们是否能在哪个沟坎上成为一道桥梁？但不管将来如何，先将人心收归我用，这总是高瞻远瞩之举。

如此想罢，余一决定发挥他自来熟的才能，化解这其中的尴尬。

这两人之所以这样沉默，可能是因为当初遇见时，过分的"坦诚相见"。解铃还须系铃人，余一开始从旅馆那晚说起："说起我们相遇，还真巧啊……"

听完余一的长篇大论，李定和青青才知道，昨晚碰见余一，是因为余一其实是去咸亨旅馆蹭觉睡的。这个旅馆的管理状况余一了然于心：晚上10点一过，老板娘就将大门关上，上床就寝。但是并不上锁，房客可以自由出入。里面的房间也不上锁，由服务员打扫后，就"蓬门今始为君开"，半掩着在那等房客。所以如果还剩有空房，是完全可以进去免费享用的。只需要注意在第二天早上老板娘醒来之前溜出去就行。即便不走运遇上老板娘也无妨，就说自己是来看朋友的；再不走运，遇到服务员带房客来也没关系，他有的是脱身之法。昨晚他们俩就亲眼目睹过一次。

李定和青青都是老实人，对于这种匪夷所思之事也不知该如何置评，只能腼腆地笑着。

余一告诉他们，除了旅馆，他还这样蹭过学校寝室、工厂宿舍，甚至医院病房。"对了，你不是要治病吗？以后我教你免费住院的办法！"他说。他本想问问李定是什么病，但发现一提这个"病"字他俩的神色立即不自然起来，他猜可能是某种难言之隐，便打住没问。余一想，眼下先要解决三个人的住宿问题。其实蛋形蜗居可以盛下一个人，问题在于里面没暖气，夜里冻得睡不着，不然他也不会四处蹭觉睡。有一条电热毯，可是没有钱去给蓄电池充电，没法使用。余一拧着眉毛考虑半天，终于决定去找民工兄弟想办法。

他把他们的行李放进蛋里，然后找到徐阿姨，让青青先在她那待一会，便和李定抬着那个蓄电池，朝东北方的工地走去。

第二章　民工性事

一路碰到几个农民工,都跟余一亲热地打招呼,就像见了老朋友一样。李定见此情形,不由问道:"一哥,原来你是在这里上班哦?"

"哈哈,"余一大笑了几声,故作神秘道,"最近这一段时间,还真在这里上班。"

这时,有几个农民工看到余一手里搬着个重家伙,都过来帮忙。然后说也不用说,立即将蓄电池搬到了那个大插板上充电。看来余一来这里借电也不是一次两次了。

李定心想,虽然用的是建筑公司的电,这群民工朋友慷的是他人之慨,但这份热情叫人心里暖呼呼的。这位一哥肯定不是一般人。

他又憨憨地说:"一哥,他们对你真好。"

余一看到李定的表情,不禁拍了一下胸口:"那当然,想当年我带领他们与黑心包工头战斗!革命友谊,杠杠的!"

李定越发觉得余一很神奇:正义之士来拆他的小屋,被他一句"上面有人"给挡走,现在又认识这么多民工朋友,真是左右逢源,上下通吃,自己初来乍到,竟然遇到了这么个贵人,真是不幸中的大幸啊!可是一大疑惑也浮上心头:"一哥,你在这是做什么工作啊?"

余一正想吹一下牛皮,看到李定崇拜的表情,决定还是继续保持神秘比较好:"你等一下就知道了,现在你先跟大家混个脸熟。"

李定眼看着民工兄弟在加夜班搞室内粉刷,于是伸胳膊捋袖子就上去了,工具使得得心应手,活儿干得像模像样。大伙都感到惊奇。李定说,他在老家就是这个职业,轻车熟路,毫不陌生。余一便建议他在这个工地上先干着这个,挣点钱,以后再想办法。这主意获得了李定和民工兄弟的一致赞同。

　　电充满后,他俩回到蛋形蜗居,把电热毯插上电,叫青青在里面过夜。"门可以从里面锁住,不用担心安全问题。"他告诉青青,"如果无聊,这里有书,床底下还有个小电视,端在手里、放在床头都可以看。明早我们再叫你一起吃早饭。"然后他和李定重返工地,在那里找地方住了一夜。本来应该叫他们夫妻共度良宵的,可是蛋居里的那个小床太窄,仅能容一个人平躺。当然他两口子可以玩"叠罗汉",但叠罗汉虽乐,却不能叠上一夜——以昨晚余一的经验,李定也叠不了很久。再说,小床是当初梅翔为自己一人量身定做的,不是十分坚实,若两人叠之不已,说不定会发生垮塌的危险。所以只能暂时拆散他们。

　　这时,不远处有个人影悄悄地朝一间亮着暧昧红灯的屋子走去。余一让李定先回去,谁知李定偏不回,说要跟着余一。余一问:"你刚刚在工地里看到的那些民工,你都记得他们的长相吗?"

　　"应该记得。"李定很认真地回想:"老李,有点秃顶,小刚,长得又瘦又高,还有一个脸圆圆的……"

　　"好了,好了,"余一只得打断他,指着远处另一个红灯屋,"那就好,你蹲到那个红灯屋对面的墙根去,看看有没有熟人进到那个红灯屋。一定要看准哦。"

　　"好,那你呢?"李定很不放心地问。

"我就站在这里。等会儿要归队了我会吹两声哨子。没吹之前，你一定要盯着那个红灯屋，明白没？"

"好。"李定听到"归队"两个字，眼睛发亮起来，答应的这个"好"让这个任务平添了几分荣耀感。余一也不禁受到了一丝感染。

于是，两人蹲在刚好可以互相看见人影的地方，遥相响应。

余一蹲点的这个红灯屋的名字叫"小莉理发店"，店里的"小莉"其实已经不小了，二十七八岁，带个女儿。据说她是由于丈夫遭遇车祸成为植物人，不得已才进入此行。所得收入，小半用来支撑自己和女儿的生活，大半用来为丈夫治病。余一认为，此类"小姐"可名为"义妓"。所以他和周围人一样，对她倒有满腔的同情，只是想到因为年老色衰而"门前冷落车马稀"的古语，常常为她的生计担忧。刚刚看到工地那个老嫖客小赵光顾，倒有一丝欣慰。想不到这个小赵还有点人道主义精神，不远处的另一家红灯屋里面全是年轻丰满的小妹妹，他能抵制那些诱惑，坚持在这边照顾小莉的生意，实属不易。

这个世界上有很多癖，有集邮癖，有赌博癖，有运动癖，等等，癖者都能给出一个癖的理由，并能乐在其中。余一的癖是观察癖，一旦发现自己感兴趣的东西，就会紧紧盯住，恨不得能将双眼装置上特殊仪器，可以连现象带本质一股脑地看穿。而现在这次观察，将成就他的成名大作。到时候，他的大作登上世界经典名著的舞台。

正当他又一次沉醉在自己的想象里的时候，又一个熟悉的人影闪过。他认出了这个人就是附近工地上的民工，姓陈，大家喊他小陈。只见他犹犹豫豫，含羞带怯，还左顾右盼。若非余一所处的位置比较隐蔽，定能被他那惶骇又锐利的目光扫描出来。余一没想到这个时候会看见他。在他的调查中，这个小陈，自称家里有女朋友，从来不会来这种地方,不接受,也不想。余一把他认定为最不可能来的那类农民工。而此刻的他似乎也是在跟自己战斗,余一也很配合地把头缩了缩,再伸出头来时,发现他终于掀起帘子闪了进去。余一有一种捉奸的快感,又有一种被欺骗时莫名的失落。约摸十几分钟后,他走了出来,弓着腰,低着头,满脸的愧恨之色——甚至可以说是悲戚之色,溜着墙根走,似乎恨不得变成一条蚯蚓,缩进脚下的泥巴里去,让全世界的人都看不见自己。走不多久,他燃起一根烟,猛抽几口,似乎那样可以将心中的抑郁之气吐纳出来……余一盯着他看,心中居然起了哀怜之意——这个衣衫灰旧的年轻人,刚刚用一笔让自己心疼的价钱不光彩地结束了一个时代吧?他这满心的灰暗,将如何排遣……

余一不禁在心内叹息:世界上又少了一个纯情青年……

今晚的蹲点算值了。余一吹了一声口哨,李定很兴奋地跑过来:"报告,刚刚看到个熟人。"

"谁?"余一满怀期待,心想,难道还有别的惊喜。

"老赵。"

"啊。"余一惊奇的不是他,惊奇的是他竟然从小莉理发屋出去了,接着又去了另一家。

两人走在路上,李定终于忍不住了,问道:"一哥,刚刚我们是在破案吗?你就是电视里面常见的那种卧底吗?"

余一不禁笑出声来,自己要是卧底倒还好,没事曝个内幕什么的,肯定一下就红了。可惜不是。余一为了不让李定盲目崇拜,准备耐着性子给李定解释。但想想,还是算了,看李定这文化水平,应该也听不懂,便胡乱搪塞了过去。

回到工地，余一马上去找小陈去，他很想看看这个大家眼中的老实男，怎么供认他的第一次。果然如余一所料，在他的逼问下，小陈全盘托出，还惭愧不已，好像做了一件无比罪过的事情。余一顺带给他做了心理辅导，安慰了他一番。临走时，小陈已感动得简直要痛哭流涕。不过，余一知心大哥哥的角色没有白白扮演，小陈给了他一份绝密的名单，就是跟他一样无法坦诚自己去红灯屋的几个民工朋友。

　　拿着这几个人的名单，余一如获至宝，就着宿舍的灯光，耳听着众工友的鼾声，拿出他的《神都闻见录》。正当余一文思泉涌之时，李定的大脑袋突然憨憨地对着他："余哥，你写的是啥？"

　　"别叫我余哥，叫一哥。听起来亲切。"余一还是觉得这名字听起来舒服，隐隐地让他感觉像是文坛第一哥。

　　"一哥，那你跟我说说，你写的是啥啊，跟我们刚刚卧底有啥关系啊？"李定新奇地看着他。

　　李定看着他一对渴望的眼睛，觉得是时候普及知识了。

　　"是这样的。我在做一个伟大的调查，要完成一部旷古神奇的大作。虽然现在城市化水平逐渐提高，但是城市里的人有一大部分还是从农村过来，这个特殊的群体是一个巨大并且伟大的群体，他们为中国的城市建设做出了无与伦比的贡献，为人类的进步发挥了巨大作用。他们背井离乡，千里迢迢来到如此人生地不熟的城市，吃不饱穿不暖，没有亲人，没有朋友。他们的生活有谁在关注？他们对性的需求有谁了解？只有我！我决定要做一个真正了解农民工需求的人，还要让世人知道农民工的需求，知道他们对生活的渴望！"这一套说辞余一说了不下百遍，现在说起来，同样还是激情澎湃。李定听得一愣一愣,不停地点头。想了一会:"那跟刚刚卧底又有什么关系呢?"

余一发现,李定似乎没有想象的那么笨,他又继续解释道:"问得好!我这个调查主要是分三个步骤。第一步,广泛性地问卷调查,大概发放了一千份,在三个不同的工地。然后根据问卷得出一个分析结果,就是多大比例的农民工会选择交易来满足需求。然后第二步,选择一个典型区域进行抽样调查,这就是我现在进行的。刚刚看见的那个小陈,在问卷调查中他填的是从来不这样来解决,但事实上,他骗了我。而且骗我的不止他一个。所以我要继续扮演他们的知心哥哥角色,获取最真实的信息。中国传统思想中内敛、保守、闷骚这些特质不免地这些农民工朋友中存在,另外,还有一些人由于道德观念约束,也会隐瞒自己这样解决性需求。这也可以理解。你别误会哦,我没说你哦。"

余一说到现在,越来越发现跟李定说这些根本就是对牛弹琴。不过,余一倒也无所谓,因为在这过程中,他感觉又有些灵感迸发出来。

"一哥,我知道了,你是要写书哦?"正当余一准备放弃,李定的一句话又让余一觉得他比谁都懂他。

"嗯,对。等这本旷世大作出版了,我的日子就好过了。"

"真的啊,那能挣多少钱?"

这个余一倒没有想过,被李定一问,他陡然意识到即使大作出版了也未必能挣多少钱,他说的"日子好过了",是指精神的满足和内心的愉悦——"报仇雪恨"后那种长出一口恶气的愉悦。他之前在报社工作时,被主编百般地打压,写什么都被主编看不起,连女朋友也被他抢走，仿佛自己就是一无是处。所以他一定要一鸣惊人，将来作品结集出版，轰动天下，给主编一个结结实实、响彻云霄的大嘴巴！

他一时不知道怎么回答，就不由得吟起了自己写的一篇小说《忍冬藤》中的一句："生命是在冬天里忍耐，为了莫须有的春天。"这句话与里尔克的诗句有异曲同工之妙："有何胜利可言？挺住意味着一切。"挺住，他想。杰克·伦敦在成名前，所有人都嘲笑他、蔑视他、讽刺他，而当他一朝声名鹊起，就连最初的稚嫩之作也惹得洛阳纸贵。一切努力都不会白费的。此时余一神骛八极，思维极其活跃，瞬间他又联想到了《戏剧之王》里的周星驰，那个死跑龙套的，对着大海喊叫："努力！奋斗！"

但这些是没法对李定说的。好在他对此并不十分感兴趣，已经在旁打起鼾来。余一稍一沉吟，也加入了工友们的打鼾部队。

第二天一早，两人去蛋里找青青。见面后，李定兴奋之情溢于言表，告诉他老婆说，他找到了一份工作，与在老家干的泥瓦工一模一样，可以暂时解决生活问题。青青更高兴，她说昨晚徐阿姨来蛋里陪她说话，也给她找了一份工——和徐阿姨一样，在这个小区里做绿化。余一一想，果然合适，徐阿姨做事真是靠谱。"徐阿姨很有学问呢，你的书我一个字都看不懂，她却能看得都入了神。"青青说。这个余一知道，也是他常常感到诧异的地方：一个在小区物业里做绿化工的阿姨，该与她的工友们一样，都是来自农村的大妈，大字不识一箩筐的，为什么说话做事有章有法，且能读懂他的书呢？

不过，京洛多风尘，京洛也多奇士。余一有一次在公交车上看西方政治史，身边有个民工模样的人，伸头与余一共同观看，良久之后，突然跟他探讨起空想社会主义。圣西门啊，欧文啊，傅立叶啊，说得余一一愣一愣的,都接不上话。还有一次,在中关村图书大厦,余一看到有个人,蓬头垢面,衣衫褴褛,两只鞋子都不一样,若不是背后印着某某物流公司字样,余一差点以为他是个乞丐。但就是这个人,居然站在书架前读了几个小时的黑格尔!所以,作为绿化工,徐阿姨气度不凡,高深莫测,也没什么好奇怪的。

第二天早上,李定和青青各自去上班,走之前,两人似欲言又止,互相推来推去。余一见状,拍拍脑袋,说:"你看我这记性!你们俩没钱了是吧?跟我说啊。来,有工资了还我就成。"说完,递过去两百块钱。两人松了一口气,百般感谢。

余一本来身上仅有三百块钱,给了他们两百,现在只有一张可怜的百元钞了。下一次稿费不知道什么时候到,这一百块钱也不知道还要撑多久。不过他倒一点都不担心。余一向来是寒号鸟,每次经济危机时都下决心要开源节流,不使自己再陷入身无分文的境地;可一旦千金到来,随即散尽,脑袋里的那个决心像是被鸟儿叼走了一般;等下一次重蹈覆辙,那个决心又如候鸟回归,再次出现在脑海中……就这么恶性循环不止。以前没钱时,他就精打细算、量入为出,规定自己每天只能吃两顿饭,一顿中早饭,一顿晚饭。现在大不了规定每天只能吃一顿饭了。他想古人就是这样的生活方式,都说现在"人心不古",自己这是恢复古人遗风了。

但精神的胜利并不能安抚空空如也的肚子,早上到现在,他什么都没吃,饿得眼睛都绿了,看到什么都恨不得能咬一口。路过一个公交车站时,正好赶上一帮人挤着上车,一个女孩正在喝营养快线,被人一挤,脚不挨地地上了去,手里的营养快线"啪"的落到地上,流出一大股白色的汁液。余一眼睛一亮，从那流出来的量来判断，这一瓶营养快线她只喝了几口，瓶内还剩有不少，如果自己能掇而食之，那么……他朝前迈了几步，却见一个人慢慢地走到了那瓶子旁边，衣衫褴褛，头发乱蓬蓬的，只一双明亮的眼睛还能让人看出他是个年轻人。他低着头，略微环顾了一下，见身边人不多，便装作蹲下身子系鞋带，站起身来时，那瓶牛奶已经不翼而飞……

余一暗自叹息，吞了一口口水，懊丧地继续朝前走去。即将到口的美食被人夺了去，那感觉……他只好拿孟子的话来安慰自己："一箪食，一豆羹，得之则生，弗得则死，呼尔而与之，行道人弗受；蹴尔而与之，乞人不屑也。"这瓶奶是从车上扔下来的，算是"掷尔而与之"，自己是不能"受"的，但那个家伙居然"受"了，可见他与自己相差太远……如此一想，心情重新好起来。

余一想想，还是得想个办法赚钱才是。于是，他朝农业大学走去，那里的教室又有暖气又安静，是读书看报、埋头写作的理想之地。他准备写一篇小文章投给《神都青年报》，好换一点米粮下锅。他的策略是"以写养写"，一边写这样的东西维持生活，一边创作他的《神都闻见录》。

不过，去之前，他又带着侥幸的心理开了一下手机，想看看有没有稿费的短信。虽然这跟中彩票的几率一样，他仍然虔诚地每天例行一次。结果，"当当当"地一连收了四五条，都是杂志社付稿费的通知。真是奇迹啊，余一简直要开心得跳起来了，真的是转运了，难道是因为李定他们吗？余一真的有点开始相信"好人有好命"这句话了。

突然有了意外之财，余一心情大好，第一件事就是想要跟妈妈说说话。他朝家里拨了一次电话，响了一声后挂掉，然后过了大约半分钟，重新拨过去。这是他和妈妈的约定。他担心电话铃急促地响起，妈妈急冲过来接会发生意外，比如磕着什么或者被什么碰到。这样响一声挂掉，她知道是余一打的，就可以从容地走过来，等待电话的第二次响起。

然而，"嘀嘀"声响了好久，却没有人接听。余一开始担心起来。妈妈有一种眩晕症，一旦发病，往往几天几夜不能下地活动，甚至躺在床上也不能稍微动一下脑袋。爸爸还在时，可以照顾她；现在爸爸去了另外一个世界，余一也飘落京城，剩下她孤零零在家，只有舅妈偶尔会去照看。有一次舅妈出差，刚好妈妈发病，躺在床上好几天，滴水未进、粒米未尝……他越想越怕，赶紧打电话给邻居询问，邻居说她没事，在河边上沙呢。余一这才稍微放心。他们老家的河边开了个沙场，从河里抽出沙子卖。有车子来拉沙，妈妈就和一帮人装沙，每装满一车，大约可以分一块多钱。

余一等了许久，妈妈终于接了电话："中午吃饭时来的车，他们都在吃饭，不愿意去干。我一个人去上了，挣了二十多块钱。"她的语气不无得意。余一听着又心疼又生气，问："你这么拼命干什么啊?!"听他语气不善，妈妈就叹了口气，说："没有娶儿媳妇呀……"

每当听到这句话，余一就觉得妈妈是个"祥林妈"。祥林嫂开口就说："我真傻，真的。"祥林妈开口就是："没有娶儿媳妇呀……"她认为，余一的父亲没了，给儿子娶儿媳妇的重任就落到了自己的肩上，所以尽管年近半百，却比以前更加拼命地干活。余一最初总拿"大丈夫何患无妻"来劝说她，但慢慢地连他自己都不相信自己的话了。何谓大丈夫？发威武叫人屈，拿贫贱使人移，用富贵来行淫，是之谓大丈夫。自己顶多是个小虾米。

挂掉电话，余一心想：妈妈其实是一个有理想、有追求的人，给儿子娶儿媳妇是他始终如一坚持着的，而且一直在为这个理想和追求艰苦奋斗着，这一点很值得钦佩。想到这里，他咧嘴一笑，却感觉嘴里咸咸的，原来眼睛未经自己允许，又擅自开闸放盐水了……

一定要成名！余一抹抹眼睛，边走边想：不管是美名还是恶名。桓温不是说过吗，男子不能流芳百世，亦当遗臭万年。都说名者实之宾也，但当今之世，实是名之宾啊，名至实归，只要有了名，各种"实"——实力、实利——就接踵而至。"郭小抄"剽窃抄袭，恶名远扬，但他不是八零后第一富翁作家吗！芙蓉姐姐令人作呕，然而一旦成名，四处走穴，供国民审丑，钞票也是大把地捞。我要是有了钱，就可以接妈妈来北京，照顾她，给她娶个美女儿媳妇，叫她过上好日子……

他晃悠悠地朝街上走，先是去银行取了一点钱出来，然后买了一个超大的饼。冷风逼人，寒气刺骨，他就着风吃着饼，边走边缩脖子。脑袋里冒出了贾谊的句子："夫天地为炉兮……阴阳为炭……"心想应该是"天地为冷柜兮，阴阳为冰"才对。又自宽自慰道：其实冬天也不错，起码有西北风可喝。

忽然，身后响起一个尖厉的声音："站住，给我钱！"猛回头，只见有个男人，三十五六岁的样子，瘦骨嶙峋，穿了个黄色的风衣，模样好似骷髅上蒙了层皮，正飞快地跑来。后面有个女人在追，拖鞋击打着路面啪嗒啪嗒作响。余一一看那女人，心想，这娘们真 hot！天冷成这样，她穿得竟如此"清凉"！短裤短得无可再短，上身是个 T 恤，没有穿胸罩，那对丰满的"大白兔"随着她的脚步上蹿下跳，乳头在 T 恤内赫然可见。余一看那男人贼眉鼠眼的样子，就下意识地反感，又听那女人大叫着要钱，以为他是小偷，或者是抢劫的。于是他朝路边闪了闪，等那男人跑近，猛地伸脚一绊，那家伙就跟梭鱼似的"呼"的蹿了出去，重重落在地上。余一一步跨了过去，不等他爬起来，将他的胳膊朝背后一别，登时叫他成了狗啃屎的姿势。不知为什么，余一特别爱用这一招，且屡试不爽。这大概是小时候打架打出的经验。

　　那个女的追了上来，踢了地上的男人两脚，吼道："操你妈，想白玩啊！钱呢?"那男人从牙缝里挤出几个字："裤兜……裤兜里有……"那女人朝他裤兜里一掏，果然掏出几张钱，抽出两张，将其余的塞回了裤兜。然后对余一换了副笑脸，说："多谢了，放了他吧。"余一一愣，问："不送去派出所?"女人笑道："不用，不是什么大事，我和他认识。他今天耍了回赖皮。没事的。"

　　听她这么说，余一就松开了手。那人爬了起来，悻悻地看了看余一，突然伸出脚，照着余一的小腿"砰"的扫了一下，然后以迅捷无比的速度逃之天天。余一猝不及防，一下子倒在地上，等爬起来想追赶，已经不见了他的影子。"哎呀，你流血了!"那女人锐声叫道。余一低头一看，果然手上被水泥地擦伤了一处，殷红的血渗了出来。"快点跟我回去，我那里有红药水，帮你擦擦。"那女人拉着他的衣服说。余一不想去，他觉得这点小伤不算什么，他踢球时比这严重得多的伤都受过，从未当回事。但那女的说什么也不放他，说他是为自己受伤的，不给他处理一下心里过意不去。余一想到圣人的教导——却之为不恭，又见她如此"清凉"地跟自己拉锯，在寒风里挨冻，便不再坚拒。

他跟着这女人走进她的屋子,感觉像是从冰窟里掉进了火炉里——屋里热得要命,他穿着厚厚的衣服,一会儿就满头大汗。他这才明白她为何穿得那么清凉了。那女人朝他笑笑,说:"不好意思,空调坏了,没法调低温度,你把衣服换了吧。"递给他一个男士大裤衩。余一便去厕所里换上了,发现腿上也受了伤,鲜血直冒。

刚出来,余一就被那女人按在沙发上,余一一阵慌乱,只见这女人拿着湿毛巾,先将伤口擦干净,然后再细细地涂药。女性所特有的细致和温暖,让余一心里热乎乎的。当时他坐在床沿上,而她蹲在他脚边,透过那红颈边的 T 恤开口,他刚好将她胸前的风光一览无余。那一片细腻白皙,那两处饱满高耸,那两点樱颗猩红……不知不觉,余一的裤衩搭起了高高的帐篷。那女人偶然抬头,自下而上,有所发觉,就朝余一一笑。这一笑叫余一面如火烧,赶紧转过脸去。但那话儿并不因为他的转移视线而有所疲软,反倒更坚强挺立。那女人见他这样,发出"嗤嗤"的低笑,一只手就像蛇一般探了进去……

稀里糊涂地,余一就和那女人亲热了一次。前一刻还是路人甲与路人乙的关系,转眼就"负距离接触",成为贱人甲和贱人乙的关系!生活的洪流,到底能冲来多少意外和神奇呢?

余一意犹未尽地抚摸着她的"白兔",这时候才有空问起了街头追赶的那个男人。那女人软绵绵地耷拉在他身上,不太乐意地将情况叙述了一遍。余一大吃一惊:原来这女人名叫那红,职业是小姐。她之前在街上追的那人是她的老主顾,肌肤之亲多了,有点"日久生情"的意思,居然把她当成了女朋友,想免费。那红不答应,所以追着要钱。

搞了半天,原来自己在跟小姐亲热!余一神经质地一骨碌坐了起来,浑身上下一通乱摸,似乎担心身体发生了异变,丢失了什么,或者增添了什么。后来想起那红毕竟"专业",情迷而意不乱,坚持叫他戴上了套套,这才松了口气。但转而想到目前的处境,不由地开始纠结起来。

第一点是,自己虽然贫穷,虽然孤单,虽然性压抑,但是吃喝嫖赌抽,一样没有,行得正走得直,这是自己一直引以为傲的。如今沾染上了这个"嫖"字,岂不是精神上的巨大打击?

第二点是,既然嫖了,那是要付嫖资的,可自己稿费还没全部取出来——况且那点稿费,根本不够支付"搞费";身上除了一条洛宛当时给他买的名牌内裤,别无长物,如何是好?难不成也要效仿那个男的,"逃单"不成?

余一逼着自己的脑袋紧张激烈地运行了一阵,还是没有想到什么好办法,只有有一搭没一搭地东拉西扯,由那红的职业说到古代的青楼女子,又由古代的青楼女子,说到著名词人柳永。他说柳永才华横溢,但是皇帝不喜欢他,叫他"且填词去"。一生郁郁不得志。于是混迹青楼,在烟花巷中流连忘返。小姐们都欣赏他的才华,毫不以他穷困潦倒而给他"途穷反遭俗白眼"的待遇,反倒资助他的吃喝用度,就连他死后的棺材,也是她们凑份子买的……

余一问那红:"如果你遇到柳永,会不会也这样对他好?"

估计那红从业至今,从未听过这样的问题,一时心头茫然,迟疑半天,才说:"也许……会吧。"

余一大喜,见她态度不算明朗坚定,就又下了一剂猛药:明朝文学家冯梦龙曾经写过一个故事。说是一个富家小姐,长得美,琴棋书画样样精通,但偏偏羡慕青楼生活,于是去了青楼。有一年,黄河大水，朝廷强征民工去修河堤，工作既劳累，又不得还家修养，夫妇强被拆散，天伦难得聚首。这姑娘听说之后，就只身来到工地上，白天给民工们整治汤饭，夜晚陪他们行鱼水之欢，且不收报酬。大家感恩戴德，敬之爱之，立生祠供奉她，表达无与伦比的感激之情。据说，这姑娘后来飞升天庭，成了菩萨……

那红怔怔地听完，突然说："噢，我明白了，你是不想给钱，白玩啊！"

余一脑袋"嗡"的一声，一张脸成了红布。

他定了定神，说："不是不想给钱。而是……你想啊，我要是给钱，就不是把你当人了，是把你当成了商品，这不是侮辱你嘛？而如果不给钱，就算我俩你情我愿，是一次精神的契合……"

那红说："还是不给钱啊。"

余一又窘又急，他就不信他的口才会这么烂，便抓耳挠腮地想寻找更通俗易懂的话来说，那红却笑了，说："不给就不给吧，我原本也就没打算要钱，不然也不会带你来家里的。瞧你急成那样了……再说，你帮我讨要回来的钱也够了，就算报答吧。"

这说法不能让余一十分满意，因为按照这个说法，这还是一次交易。但总算免去费用，差强人意，余一也就不再跟她辨名析理。

搞定了那红，他赶紧离开了这个是非之地，心想这一段一定得"掐"了去，不然以后名扬天下，被谁给曝光了，那不得媲美艳照门啊？一世英名毁于一刻，岂不要郁闷死！想到这里，他心里突然一激灵：早就提醒过自己了，不管美名恶名，能成名就好嘛！成名犹如成佛，有两种途径，一种是渐修派，一步一个脚印，慢慢走进佛国；一种是顿悟派，放下屠刀，立地成佛。两种方法中，以后一种最为智慧——无论是过程还是结果,皆大欢喜。试想,抄起屠刀,在人间横行霸道,为所欲为;享乐够了,再把屠刀一扔,立地成为佛菩萨,获得另一种大欢乐,这有多么美妙!自己的目的是成名,何必恐惧戒慎,遵守清规戒律,以期成就"英名"呢?不过中国历史上有句老话:逆取顺守。无论是刘邦,还是李世民,这些赫赫有名的圣武之君,哪一个在创业之初不背负着"反贼"的恶名?关键在于一旦得位,能大行善事。况且,只许那些不学无术之人炒作成名,不许有真才实学者上位?可见,成名不是可耻的,可耻的只是失败。和那红的这一段故事,如果能善加利用,说不定会有意想不到的效果。比如,等自己的书写出来,让那红配合自己,演一场戏,找媒体发一篇文章,题目叫《女子卖身资助贫困男友写作 三年苦熬终成正果》。那时若不能人书俱红,算是奇乎怪哉!

　　想到这个美妙前景,他激动得浑身发热,不禁继续畅想下去:那红这个女人虽说姿色还行,身材也火爆,但是自己定然不会跟她在一起的,这样的话,会不会让大家以为我是陈世美?这可就麻烦了。不知道这个麻烦唐醋能不能处理,反正警察什么事都能解决。

　　正想在劲头上,手机的震动震得他从纠结中醒过来,一看还真是唐醋,跟曹操似的,不能想,一想就到。"我现在正在逛街,可能要买比较重的东西,赶紧过来给我做苦力!"唐醋在电话里命令道。唐醋的职业是警察,兼职是从未发表一个字的文学女青年以及余一的自动提款机。都说从女人身上不可能借到钱,此话在唐醋这里失了效。余一自从认识她的第一天,就受了她的恩惠,之后常常得她接济——无论是物质上的,还是精神上的。所以余一一直对她感铭于五内,常思报答,一看有机会出把力,怎能不如饿虎扑食一般赶过去……

他与唐醋的熟识过程很有趣。那天他去某学校的寝室蹭觉睡,不幸里面住了一个刑侦系痕迹学研究生,思维缜密,警觉性强。据那个研究生后来说,他的室友挪动室内的一根烟头,他回来后都能立即发现。余一撒了个自认为滴水不漏的谎,还是给他看出了破绽,于是被扭进了派出所。不知那一阵子是不是违法乱纪的高峰时段,派出所里人满为患,他被安排在一张桌子旁等待半天,也没轮到审问他。

穷极无聊,余一发现一个女警倒是空闲,一个人在那看报纸,还不时自顾自地"嘿嘿"发笑。他便挤了过去,问:"警察同志,能不能耽误点您的宝贵时间,审问一下我? 我回去还有事呢……"

那女警抬起头,用一双迷死人的大眼睛厌恶地看了他一眼,说:"没时间,那边等着去!"接着继续盯着报纸,好像周围无一物,噎得余一不能发一声。

余一见她拿的是《神都青年报》,像被电着了一样间歇性地抽一下肩膀,发出并不怎么悦耳的笑声。余一好奇,伸长脖子看了一眼,发现她正盯着一篇名为《三月未央》的文章,不禁也乐不可支。

女警再度抬头,问:"笑什么?"

余一说:"你看的文章是我写的。"

女警一愣,上下打量他两眼,随即不屑地撇撇嘴:"你作为一个待审疑似罪犯,对着人民警察吹这种牛皮,不怕罪加一等?"

余一忍住笑,一本正经地说:"真的,不信我背给你听听。"他便把全文背了出来,末了还告诉她,自己如何构思全篇,以及在何处改动了哪个词语。

女警目瞪口呆,愣了半天才问:"真……真是你写的? 你就是余一? 我最喜欢你写的文章了! 你……这是怎么回事?"余一懊丧地说:"别提了! 就是因为《神都青年报》的人拖欠我这篇文章的稿费,搞得我没钱住宿,只好到处找地方蹭觉睡,就被人当小偷给抓了。"

那女警再度瞠目结舌,接着哈哈大笑起来。

他与唐醋就这样认识了。她说自己也是个文学爱好者,常常用"酉昔"这个笔名朝《神都青年报》投稿,但都是泥牛入海不见回音。近来有个叫余一的,常有文章见报,痞里痞气的文风,她非常喜欢。没想到竟然会在派出所里见到!

结果,余一幸运地被无罪释放——本来也没多大事。余一后来还得瑟着去找那个刑侦系研究生,说你是学刑侦的,将来要在北京混,保不准会和警察有来往。自己现在是警察的朋友,你最好不要得罪。于是不由分说就在那寝室住了几晚。

如此一来,唐醋就成了余一这个"黑恶势力"的保护伞,他从此肆无忌惮地四处蹭觉睡。不过他蹭觉的技术越来越高,再也不曾被人抓住。唐醋这把保护伞,只是他精神上的避弹衣,而她本人对此是浑然不觉的。

与唐醋在中关村购物广场那里见了面,换了便装的唐醋真是好看,完全就是模特身材,扎在人堆里一眼就能看见。唯一的缺点就是脸有点大,骨架也大,个儿远看比余一还大,这让余一非常难得地死心塌地把她当做哥们儿。唐醋一见到余一,也是二话不说,揽下余一的胳膊,两人在步行街逛着,不知道的人还以为是姐弟俩呢。

其实今天可以在这么祥和的气氛下逛街也是非常难得的,平时跟唐醋很少可以很安心地做个什么事儿,行侠仗义的唐醋不管碰到什么事儿都爱管,所以不管跟唐醋去哪里,最终的结局都是殊途同归——去公安局。

刚想到这一点,余一发现唐醋已经不见了。只见前面有一大群人围着看什么,余一勉强挤进去,发现有一个妇女,大约三十五六岁,头上包着一个围巾,脸冻得红红的,坐在一个凳子上,一条断腿赫然挂在那里,怀里抱着两个孩子,一男一女,男孩有四五岁,女孩只有两三岁,都冻得清水鼻涕直流。

三个人身边放有一块大木板,上面赫然写着几个大字,像是新闻标题:"海军大校陈世美,抛妻弃子攀高枝。"标题下内容丰富,既有文字说明,又有视觉传达,详细叙述了一个海军士兵如何暴打结发妻子,以致妻子残疾,然后抛妻弃子与某上将的女儿结婚,然后迅速飞黄腾达成为大校的故事。那大校姓陈,让人不禁想到也许他真是陈世美的后裔。

看这"陈世美"的相片,穿戴着海军大校军服,英姿勃发,器宇轩昂。"怪不得上将的女儿会看上他,确实挺有型。"余一心想。再看未发迹前的照片,却是普通一兵,没有什么特异之处。"人靠衣装马靠鞍啊。"余一又在心里感叹。还有陈大校与这位原配妻子的结婚照,那时还很年轻的原配尚有些动人之处,如今,焦首朝朝还暮暮,煎心日日复年年,内罹忧患折磨,外受风霜之苦,她已经未老先衰,彻底成为一个黄脸婆了。木牌的最下面写着一段话,请求众人有钱的捧个钱场,她好养活这两个孩子,继续去找这负心的陈世美讨个公道;没钱的捧个人场,如果有法院、检察院的朋友,可以将这陈世美逮捕归案,实现正义。众人有的看热闹,有的给钱,而这个原配抱着两个孩子,两眼无神地盯着地面,一脸麻木地坐着,对身旁众人的唏嘘、怒骂、义愤似乎浑然不觉，人们朝她面前的盒子里放钱她也视而不见，似乎这一切都跟她无关似的。

余一虽然穷困潦倒，但看着一位断腿母亲独自带着两个年幼的孩子，还是按捺不住同情心的蠢蠢涌动，伸手在身上摸了起来。正在这时，唐醋不知从哪里突然出现，"啪"地拍了他的手一掌："你干什么？你还真相信？"

余一还没反应，身边一个中年妇女忍不住反驳她："还能是假的？你瞧瞧这些材料，看看这些照片，从二十几岁到三十几岁，从普通士兵到军官，这能伪造？看他们的结婚证：河北省易县徐集乡贾家庙村。再看那断腿，还能有假！太可恶了，如果我是包青天，一定狗头铡伺候！"

"你问得好！如果要伪造这些，难吗？"

那人被问住了。余一说："你是不是犯了警察的职业病啊？你又没有证据，人家再怎么造假，你瞧那俩孩子，多可怜。"

"有些人专门去农村，找那些残疾孩子，从他们的父母手里给买过来，变成他们的摇钱树。有的更残忍，直接去拐骗那些跑出来玩的小孩子，在一个秘密地点弄断脚腿或者手臂，过一段时间，再带出来乞讨。"

余一听得毛骨悚然，突然就想到那部获得奥斯卡金像奖的印度电影《贫民窟的百万富翁》。电影里有一个情节，打手们用浸了药水的毛巾捂在毫无防备的孩子的嘴巴上，将他们迷昏，然后拿起准备好的刀子，残忍地剜掉他们的眼睛……

他瞧瞧这俩孩子，又瞧瞧那个面无表情的母亲，汗毛倒竖。

"可是，如果是真的呢？"他还是有点不愿意相信。

"咱们试一试就知道了。"

唐醋掏出证件,对那中年妇女说:"我是派出所民警,跟我走一趟吧,说说你的情况,如果情况属实,我们会向有关部门汇报的。"

本来一直表情麻木的"原配",突然一下慌了起来,犹犹豫豫地不愿意去。

唐醋说:"你不是要告倒这个负心汉吗?你在街头这么办,根本对他没影响。还是相信政府。他把你打成这样,这是犯罪,法院能判他坐牢。走,把情况说清楚,我们帮你把案子移交到相关部门,一定能讨个公道。"

周围观众也纷纷劝说她跟唐醋走。

那妇女却不说话,低头似乎在思索,突然扔下孩子拔起"断腿"就跑,速度之快,绝对可以参加女子百米赛跑为中国队赢得荣誉。饶是唐醋眼疾手快,一把也抓了个空。

真相立刻大白。

在众人唏嘘之时,唐醋和余一将这妇女盒子里的钱返还给了众人。人群散了,两人面对那两个孩子束手无策,不管怎么问,两个小孩的表情都呆呼呼的,想必是有一定程度的智障。唐醋只好把他们带回派出所。余一又一次跟着唐醋到了派出所。

"现在相信我了吧?这些骗子利用人们的恻隐之心,想方设法地行骗。今天你们见到的还只是小儿科,他们还有更高级、更精妙的骗术呢!"还不依不饶。

当晚余一回到工地,继续写《神都闻见录》。白天的经历让他灵感大发,首先不幸失身,然后亲自打破了一个中年妇女的骗局。他先是想到一句话,"上帝给了我雪亮的眼睛,我却要用它去寻找黑暗。"接着这一句应该是,"我要出售黑暗,换得名声、荣誉和金钱。"

一阵轻微的门响打断了他的思路,余一惊起抬头,只见一个人悄悄地溜了出去。他心里一沉:这个小陈啊,还真是上瘾了,又去了!

当初开始做这个调查的时候,他已预料到这个调查的艰难性,这个问题实在是太敏感、太隐私,那些民工兄弟们肯定会不好意思老实回答。余一为了防止这一点,在设计问卷的时候,以巧妙的提问方式获得答案,比如:你身边的人有没有去找小姐的?你们对安全套的看法是怎样的?等等。当时还想,找几个人深入地聊天,凭他的火眼金睛,定然会获得更多丰富、直接的材料。但是现在小陈的行为让他发现这种问卷加简单的访谈式调查彻底失败。

自己虽然跟这些民工朋友在一起,但是又不能整天跟在他们后面。余一发了一会愣,他觉得脑袋里有一个想法,影影绰绰的,似乎被一层膜给罩住了。他无法一看究竟,然而从那个想法的一鳞半爪之中,觉得它金光闪闪,绝对是个好想法。余一愣怔半天,思之不得,急得他直抓头发,似乎想将发丝连根拔起,连带着将那层障蔽给揭开去。后来,他见这样硬想无法想通,便改变了策略,将最近发生的事件和人物一一列举,期望其中一个点能恰好对榫,成为打开脑门的钥匙。当列举到"那红"这个名字时,他"啊"了一声,锁开了。

第二天,余一一直睡到中午,之后来到民工朋友吃饭的地方,按照小陈提供的线索,轮番去找兄弟们聊天。民工们一个个兴奋得跟上"鲁豫有约"似的,互相整理衣装,还窃窃私语。

李定也在候场处排着队。接连几个都没有叫到他名字,也只能干着急。但他又好奇无比，就和其他民工一起偷偷地趴在外面听。

"你觉得找小姐怎么样？"

"可能不安全吧。"

"不是有套套嘛。"

"你掏鼻屎喜欢戴手套吗？"

隐约听到的几句话让外面的几个人乐成一团。

李定只见周围的人一个一个地被余一叫去私聊，从头到尾都没有自己的份。

结束了之后，李定赶紧走到余一跟前："一哥，接下来是不是到轮我了？"

余一拿着纸笔，飞速地记录，头也不抬："你跟我一样是工作人员，记住。"李定还没有反应过来，其他人一拥而上。

有人不无担心地问余一："文化人，你不会把我们给写到报纸上去吧？"

余一说："不会，我就是觉得这个事情挺好玩，想调查一下，然后写成文章向社会反映。说不定能找到解决的办法呢。"

"有啥办法？难不成给我们一人分一个大明星睡？"

"不要一人分一个，咱们整个工地上分一个就够了！"

大家又是一阵快活的大笑，余一也仰天大笑起来。

"分一个大明星是不可能，不过附近的街上就有一个姑娘，名叫那红，身材相貌都还不赖！大家去找她的时候，可以提我的名字。"

"大文化人，你这不是在拉皮条么！"

余一一愣，心想可不是，我这不是在拉皮条嘛！天——哪！谁能想到，一个曾经壮志凌云的重点大学优秀毕业生，竟然沦为皮条客！

但他又想:皮条客者,乃是为妓作伥,要从妓女们的收入中获得经济利益,而自己是为了宏伟巨作才顺带做的这么一个顺水人情,和职业皮条客相去甚远。这样一想,他就心下坦然了……

"我这哪是拉皮条!我是为大家谋福利。谁好谁不好,我还不知道啊。"余一想演一下自己很老到的样子,后来突然想起自己那天在那红店里的经历。一想到这一点,他说得越来越逼真,越来越详细。后来干脆把和那红的那一段艳史和盘托出。"推荐你们去找她噢,别的不说,她的那对奶就真够劲的!"余一尽量使用"三俗"的语言来博得大家的共鸣。看看众人信服的表情,余一很满意自己对于"细节让人更有说服力"这条原则的贯彻。

余一转念又想,自己给那红当皮条客,将这些人拉去照顾她的生意,倒是可以拉拢那红,但如此一来,小莉理发店里的"小莉"恐怕就真要"门前冷落车马稀"了。"管她呢。"余一想,"反正她青春饭已经吃到尽头,这样下去也不是长久之计。我来个逼娼为良,让她回归正常人的生活,也算是功德一件。"

思想活动至此,他不禁又习惯性地发出得意的、低声的笑。

这天晚上,余一还在挑灯整理资料,睡在旁边的李定却是满腹疑问:一哥到底是何方神圣? 他到底是干什么的? 为什么人家要来拆他的小屋,他叫了一句"上面有人",人家就不敢动手了? 为什么他跟农民工的关系这么好,还做这么古怪的调查? 为什么他在写文章、当作家的同时还拉皮条? 想着想着,李定终于忍不住了,凑过去:"一哥,你的兼职是拉皮条啊? 我们还卧不卧底啊?"

突然,余一拍了拍他,在他耳边悄声说:"别吭声,穿上衣服,跟我去跟踪一个人……"

李定一阵紧张，一骨碌爬了起来，却感觉余一在黑暗中轻轻拍了拍自己的肩膀，意思是放松……

他俩跟踪的是一个工友，只见他缩着脖子朝前走，丝毫没注意到不远处的两条"尾巴"。到了街上，那工友拍了拍一亮着暧昧红灯的房间的门。门无声地打开了，他像泥鳅一样钻了进去。

余一暗自点头：这人挺上道的，果真来照顾那红的生意了。转头问发怔的李定："工地上的人你是不是都认识了？"

"啊？啊……差不多都认识了。"

"好，那你没事的时候，帮我在小莉理发店蹲点，帮我认识人……余一心悲，经过自己煽动，大部他人应该都会去那红那里，少部分漏网之鱼，让李定盯着，这样一来，就万无一失了。"

李定也蠢蠢欲动，自己又开始有任务了。

第二天，余一叫李定请了半天假，两人一起去找那红，正赶上那红在搬煤气罐。余一心想：那红是干体力活的，昨夜体力消耗过大，所以心有余而力不足了。而自己是干脑力活的，现在是力有余而心不足，天之道损有余而补不足，所以我若不施以援手，那就不合天理了……于是他带着李定帮她将煤气罐搬了进去。

两人曾产生过"世界上最近的距离"，那红记得他，所以衷心表示了感谢。余一凑近她的耳朵，笑着问："近来顾客不少吧？他们有没有提到我？上一次你没收我钱，不亏吧？"

那红失声叫道："你就是他们提到的余一？"

余一看着她惊讶的表情，才想起上次慌忙中忘了介绍自己的名字,差点白做好人,幸好今天来找她了。但他又故作神秘地说道:"本来不想跟你说的"。

那红好笑地骂了他一句:"龟儿子!有空来我请你喝酒!"

余一心想:辈分搞错了,我应该是"龟公",而不是"龟儿子"。他笑嘻嘻地说:"喝酒就不必了,将来有事求你,你不要拒绝就行了。对了,这是我兄弟,今天哭着嚷着来看你,他叫李定,以后请多多关照。"他把李定拉了过来,朝那红面前一亮。

那红说:"好好,随时可以来找我。"

余一悄悄地告诉还在傻愣着的李定:"她就是昨晚那哥们来找的小姐!"

李定大吃一惊。

刚刚跟那红聊了一会,大概地了解了最近来光顾她这里的民工兄弟,余一心里已经了解了一二。自己不需要蹲点,就能掌握第一手资料,真是方便至极,不禁开始佩服自己的智慧起来。

两人大摇大摆地走回工地,余一感觉还挺好的,自己虽然人还没红,但是有个助理可以带在身边也好。虽然也没有想到怎么用李定这个大字不识的人,但带个人感觉就是不同。正得意之时,有人迎面走来,向他问路。那人三四十岁,个头不高,面目黝黑,一口山东腔调。他说自己从山东运货过来,路上碰倒了一个老太太,现在正在医院急救。他身上一文不名,而且屋漏偏逢连夜雨,既联系不到这边的接货人,也联系不到家里人,只能去找朋友想办法,问余一能否借给他二十块钱,好坐车过去。余一一听,想,联系不到接货的人,又联系不到家人,会这么不巧?你撞坏了人家老太太,人家还能叫你在外面自由活动？

　　他本来想摆摆手置之不理，李定却和那个人搭上了话："啊，真的啊？怎么这么惨啊？""是啊，等我拿到钱，我双倍返还你们！"这一句话叫余一顿时生气：竟然利诱老子，你以为老子是见钱眼开的人？

　　他盯着这个"送货司机"，冷笑一声，说："忽悠，接着忽悠。听说你们忽悠界有一个传说：'就算你意志再坚强，哥一忽悠，你照样很迷茫。'你试试能不能把我忽悠得很迷茫。"那人一听，神色登时迷茫，低下头去，一语不发地转身就走。余一在他身后大骂："操，好歹是裤裆里有个蛋的老爷们，干点啥不好，偏出来坑蒙拐骗。以后别让爷看到，不然见一次打一次！"那人脚步慢了些，但也不回头。余一见他没有什么反应，便有模有样地说叫了还待原地的李定："我们走！"。

　　两人转身继续走路。成功识破了骗子的诡计，余一心里有微微的得意。正得意间，忽然余一背后一痛，"扑通"一声就趴在了地上，嘴里一涩，啃了一口灰。他"呸"地吐出，跳将起来，只见刚才那家伙飞一般蹿过马路。余一起身拔腿就追，偏偏赶上红灯，车流如潮，将他隔在了此岸。他怒不可遏，破口大骂，千万次地问候那人的老母，惹得行人纷纷侧目。

　　他本来心情大好，此时却极端灰败，刚刚的威风一扫而光，让他有些恼怒。余一对李定说："跟我走，去派出所！"李定听到这个脚差点软了下来，还没反应过来，就被余一提着一溜烟地跑去了派出所。

　　一进派出所，余一朝一个警察面前一坐，气急败坏地说："警察同志，我被人打了，你说管不管吧！"

　　由于他常来找唐醋，这里的人都和他熟了。他浑身上下透着一股边缘人特有的滑稽色彩，所以警察们都喜欢跟他开玩笑。听了他的话,那个名叫秦浩然的警察取笑他说:"挨打了?谁这么无聊会来打一个什么都无所谓的人啊?看来打你的人不了解你,他要是了解你,会捅你一刀的。"

"靠,你这是什么意思?你这是人民警察对待受害人民的正确态度吗?"

秦浩然很无语。他常常开余一的玩笑,想在口头上占一点便宜,结果总是偷鸡不成蚀把米。要知道余一在大学时是全系最佳辩手,曾经风靡一时,哪是容易在口头上吃亏的人!但秦浩然总是不肯反思改过,明明屡战屡败,却偏要屡败屡战。不过他这次没工夫跟余一斗嘴,因为有任务,马上要出门,就说:"你找唐醋吧,叫她给你做个笔录。但我警告你,不许在警局之内调戏良家美女!"

余一无奈,只得去找唐醋。唐醋一见他,立即满脸欢笑:"哎哟,哪阵妖风把你吹来了?看来面色不善,好,我喜欢。说说,遇到什么不开心的事了,说出来叫我开心开心。"

如此幸灾乐祸,倒有出奇制胜的安慰效果,余一不怒反笑,索性一言不发,笑眯眯地看着唐醋。

唐醋反倒被他看得不自在起来:"看什么?有什么好看的?"

"看你的眼睛啊,实在是太大太好看了!"余一笑嘻嘻地答。这句话倒不是无端恭维,唐醋的眼睛的确大,在余一的感觉里,几乎占据了她脸部三分之一的面积。不但大,形状也好看,赫然一朵神都警花!只是皮肤不太白,好在无伤大美,这种肤色反倒为她平添了另一种魅力。

见余一显出这样一副"流氓相",唐醋绷了绷脸,说:"严肃点!详细说说你挨打的情况,尤其要好好描述下疼痛的感觉,描述得越详细本警官越开心。"

余一感慨了一句"最毒妇人心",便将当时的情形描述了一遍。唐醋听罢,皱皱眉头,说:"又是乞丐,这帮人真是讨厌!"

她的态度叫余一奇怪,因为作为警察,阅案多矣,无论怎样匪夷所思的案件都难叫他们动情绪,余一早已见惯了他们对待案件如做作业一般的"客观"表情。唐醋却为这芝麻绿豆大一点的事儿动了肝火,相当不常见。

"我也有好几个亲戚也被这伙人给骗了!"唐醋说,"真是可恨。但更可恨的是没法将他们一网打尽!"

"为什么呢?"余一起了兴趣。

唐醋张了张嘴,欲言又止,良久才说:"反正目前就是不能拿他们怎么样。"

"为什么?"余一又犯了打破沙锅问到底的记者职业病。

"别问我,这个不好说。"

此后,余一无论用什么办法都再也不能从唐醋嘴里套出一个字。他隐约感到这里面有问题,心头泛起浓厚的兴趣,顿时兴奋起来——这可能会成为《神都闻见录》的重要篇章!

余一正构思从何着手,唐醋一把拉住他的衣襟,低声说:"等等,你最近写了什么东西没有?给我看看。"

余一想了一想,本想将《神都闻见录》的第一篇《蛋》给她看,但念头一转,面露坏笑,便将最近写的《忍冬藤》中的一段给了她。唐醋见写的是:

　　我当时正沉浸在失身的悲哀之中,没有心思理会她这些话。

她见我兴致不高,也就不再说下去,两个人呆呆无言。她突然伸过手来,抚摸我的下巴。我问这是何意,她说她跟前男友做完事,就会抚摸他的胡子,成习惯了。我说你跟我睡在一起,却怀念着别人的胡子,这合适吗?她"咯咯"地笑起来,说你吃醋了,小醋精。接着突发奇想,说我以后就这样喊你好不好?这是我们之间的昵称。我说不好,太没有创意。突然想起某位伟大的文学家、思想家、革命家,以及他的爱侣,便说,干脆,我们效仿他们,你叫我"小白象",我叫你"小莲蓬",如何?她拍手叫妙。我说还可以效仿贾平凹笔下的主人公,将此昵称写在合适的部位。于是拿来纸笔,先写下"小莲蓬",贴在她身上该贴的部位上;又写好"小白象",贴在我身上该贴的部位上。但我觉得不满意,此伟人成就比我伟大,但"白象"未必有我伟大,我怎能如他那般妄自菲薄?于是扯下来,写上"大白象",贴在原来的部位上。此举让她前仰后合,差点没笑得背过气去。但我很快又不满意了,觉得这太粗俗,不像文化人的创意,还是伟大领袖王小波比较有趣。在他的《万寿寺》里,薛嵩叫红线"小贱人",红线喊薛嵩"大老爷",这个具有古典文化气息……这下她干脆趴在床上,差点笑死了。笑过之后,她说:大老爷,你真逗,小贱人还想要。于是光溜溜地扑了过来。——我忘记她说过,当我卖弄文史知识时,便是我最性感的时刻,我这不是自讨苦吃嘛……

唐醋看完,"腾"地面红过耳,骂了声"流氓,快滚!"将稿纸掷还给余一,却又低下头,"哧哧"地窃笑不止。

余一成功地在警局内调戏了良家美女,心情重新明媚起来,笑着走出派出所。李定看着不明所以，只有追着余一问："你给她看了什么？她怎么乐成这样啊？"

"没什么，你先回去吧。"余一想想还是得办正事了。打发李定回去，余一便一个人去了农业大学，结结实实地享用了一天的暖气。在这一天里，他把《中国农民工性调查》充实了一万多字，从农民工角度、卖淫女角度、旁观者角度多方面分析，写成了一篇全方位深度调查报告文学。余一很是满意，眼见暮色四合，该是回去之时，才掩卷离开。

他想自己的大作马上要完工，便兴奋地打开手机给书冉打了个电话。然后往家里赶。

他在紫穗山庄门口遇到保安小汪，小汪笑嘻嘻地说："那个美女又来看你了。你这个只能住在蛋里的'蛋黄'，怎么那么有艳福？"

第三章　端倪微露

　　来人正是书冉。余一和书冉的正式相识是因为蛋形蜗居。由于这个蛋居里有床，有洗漱用具，有衣服，还有书——尤其是书，按照某位皇帝的说法，里面装有颜如玉、千钟粟和黄金屋，奇重无比，要想顺利地滚蛋，需要解决动力问题。余一便是在解决这个问题的过程中"认识"了书冉。

　　那天他坐在路边的一辆驴车上，与刚刚结识的车夫聊天，他在等一个人，车夫在等一车货。他与车夫相谈甚欢，想让他用驴子免费帮自己滚一下蛋。但是车夫非常狡黠，抽了他几根烟，就是不肯痛快答应。后来两人的谈话无法进行下去，因为目光都被身边的一个美女吸引了。余一看着那女孩，脑袋里蹦出四个字：童颜巨乳。一个性感妖娆的萝莉，叫他暗暗吞了几口口水。与此同时，他听到身边的车夫喉咙里"咕嘟"了几下，突然想起一个很老套的段子，觉得此段虽老，但是非常应景，而且绝对有效。于是他小声跟车夫说："我能叫这女孩子笑得很开心，但瞬间又很生气，你相信不？"车夫大摇其头，表示不信。余一问："如果我做到了，怎么办？"车夫痛快表态："如果你能做到，我就帮你滚蛋！"

　　余一看了看那女孩，她窈窈窕窕地站着，对身边的二人一驴不屑一顾，甚至皱了皱鼻子，蹙了蹙眉头，嫌驴子臭。为了吸引她注意，余一站起身来，思索了一会，故意"哎呀"大叫一声。那女孩和车夫吓了一跳，都不解地看着他。他不慌不忙地走到驴子面前，抱拳，弯腰，深深施了一礼，问："岳父大人，近来可好？"见他这样，女孩和车夫都哈哈大笑起来。他便转过身来，对着正花枝乱颤的女孩同样施了一礼，说："岳母大人，近来也好吧？"女孩一愣，随即鼓起了腮帮子，气得直跺脚。

这事让车夫对他佩服得五体投地，随即交换了手机号，成为贫贱之交，并且撂下话来："你什么时候需要你'岳父'帮忙，我一定马上赶它过来！"

他和那女孩书冉也成为好朋友。其实他那天本来等的就是她。他们是网友，那天书冉刚回国不久，他们约好在那里见面。虽然之前彼此见过照片，但余一给她的是一张艺术照，众所周知，艺术是源于现实而又高于现实的，这导致他一眼认出了书冉，书冉却没认出他来；加上她更没料到他会跟驴子打成一片，所以两个人差点"交臂失之"。她芳龄二十二，比余一小三岁，之前一直喊他"大叔"，现在却逼着他喊自己"岳母"。"喂，大叔，快叫一声岳母，叫哀家开心开心！"这是她经常说的话。

余一有好多天没见到她了，这是因为他为了省电，手机长久关机，书冉找他很不方便。而他自从搬进紫穗山庄，更是很久没与"岳父"见面，这说明他着实稳定了一阵子。

他赶紧朝蛋里跑，远远地看见书冉穿了一件淡黄色的风衣，长筒靴，很是妖媚。余一想起雨果在《巴黎圣母院》里写道："既然不能诽谤她的容貌，便转而攻击她的穿着。"如果容貌和穿着都无可挑剔呢？

那就老老实实衷心赞美吧。余一跑到她跟前,喘着气说:"有失远迎,罪过罪过。多日不见,您老越来越漂亮了。"书冉说:"这个马屁拍得不错,哀家很喜欢。再拍一下。"余一说:"风衣很帅。"书冉脸现笑意,伸出脚,问:"那我这个靴子呢?两千多块钱呢。"余一下意识地摸了摸自己单薄的口袋不吭声了。

"快啊,赶紧赞美一下。告诉你啊,今天哀家心情不好,你必须可劲地拍马屁。"

"帅不可言。"余一说,"所以我就不言了。"

他打开蛋门,叫书冉钻进去,问她:"怎么心情不好?发生了什么事?"

书冉答非所问:"我脚冻得很,快倒点热水烫烫脚。"余一看看热水瓶,青青烧的水还有大半瓶,便拿来脚盆,全部倒了进去。

书冉一双秀气白皙的小脚在盆里搅动不已,余一看得眼睛发直,他简直怀疑自己有相当程度的恋足癖。

烫脚后,书冉半歪在小床上,身上盖了被子。"我前两天认识了电视台的一个编导哥哥,我俩聊着聊着就聊到床上去了。可是最近发现他竟然有外遇!我心里挺不爽的。"

这种事余一已经司空见惯。她动不动就跟余一报告说自己跟某个哥哥聊着聊着就聊上床了,余一早没了新鲜感。

"他的外遇是谁?"余一问。

"是我——他已经结婚了,我成了外遇,俗名小三。"

"啊?"

"你说可气不可气?"

"确实可气。"余一说。

"但我不爽的不是这个。"

"那是什么?"

"我不爽的是他居然分心两用,不一心一意地爱我。"书冉撅起小嘴。

余一叹息一声:"你不爱他一分一毫,却要求他倾心爱你,真是自私自利,贪得无厌。心情不好是活该,我不会同情你的。"

书冉撅嘴瞪眼,跟余一怒目对视,半晌,"扑哧"一笑:"好吧,你说得对,我心情好起来了。"

唉,女人哪,你们的名字叫善变。

"你这一阵子死哪去了? 怎么找你都找不着。"书冉说。

余一便跟她说了最近的遭遇:稿费迟迟不来,没有钱给蓄电池充电,在寒冷的蛋里无法过夜,不得不重施故伎,到处蹭觉睡。由于想省电省钱,手机也常处于关机状态,没有紧急重大事件,他也不回短信。不过最关键的是在弄那个大作啦。

"你可以去我那里睡嘛! 早就跟你说过啊,而且你写调查报告更是可以在我那里写啊。"书冉说。

余一不吭声,心想,她哪里知道我是牺牲了多少才换来这样的环境啊。

"好了,不管怎么样,我的大作马上就要完成了!"余一大声道。

"嗯,我很期待看到呢。赶紧让我看看。"书冉冲上来搂着余一。

"现在还没好,等几天。不过可以让你看几眼。你先说说你上次说的那个项目靠不靠谱啊?"这是余一最关心的。

"绝对靠谱,我那朋友,是我的铁哥们儿,他们那是绝对正规的国家级科研项目,就算没被选上,我还有一朋友,也叫以上他们杂志,绝对权威的一杂志,只要打个招呼就成。"

"杂志顶个屁用,不投。我还就看上那国家项目了,我只要这个。你能搞定吗?"

"能,你放心吧。"

"那选上了,会有什么东西的奖励?你再激励一下我。"

"不但有不菲的奖金,还要参加一系列活动呢,上电视做访谈之类的,你就等着当名人吧。"

"真的啊?是什么项目,给我说说具体的?"

"暂时保密,这个项目在完成之前不能透露。"书冉讳莫如深,"你就说你愿不愿意去参加评选吧?"

"太愿意了!"余一被激励得心花怒放!难道有心栽花花不开,无心插柳柳成荫,扬眉吐气的时刻要如此不经意地提前到来?何况这种成名还是正当途径,成的是"英名"!

"来,大小姐,帮我看看。"余一把一叠稿子送到她面前。书冉看了一会,也不知道看完没有,当即叫道:"写得非常好! 一定可以通过! 我这就帮你转交,你等我的好消息!"一句话就如扶摇羊角之风,送余一到了青云之上。天哪,论文发表,做活动,上电视……穿什么衣服好?身上这件是不能穿了,它已经陪自己度过漫长的岁月,现在已皮开肉绽伤痕累累,到时要拿稿费买一件新的。还有,上电视做访谈,语速应该是怎样的?如果有可能,一定要在镜头前对洛宛说几句假模假式的话……

"好了,你现在也快写完了,去我家住住享受一下吧。"

"哪能啊。"

"没见过你这样的古怪脾气,就去住一段时间怎么了?你现在处于困难时期,将来成为著名作家,再好好报答我不迟。"

余一说:"不谈这个了,换下一话题。"

"你真是茅坑里的石头,又臭又硬。"书冉再一次不悦地撅起嘴。

此时有人敲门,余一掀开那片蛋门,唐醋弯腰钻了进来,带入一股寒气。"哎哟,唐警官,你怎么来了?"书冉的语气热情中又带着醋意。"今天这么开心,我请大家吃饭,所以把唐醋和徐阿姨、李定他们叫来了。"余一赶紧解释道。

"好久不见,唐警官。近来在唐警官的虎威之下,犯罪分子们有没有安分守己一点?"书冉对唐醋继续一顿调侃。这俩姑娘都是美女,一个瘦高帅气,一个小巧萝莉,但都是活泼开朗爱说爱笑型,经由余一介绍认识,一见如故,很快打得火热,表现是一见面就互相调侃嘲谑,并以此为乐。

但是上次两人斗嘴时,书冉的一句话惹得唐醋不高兴了,近段时间唐醋一直对书冉不满意。书冉却浑然不觉,见唐醋以沉默接招,便改变了策略,转头对余一道:"大叔,我前两天认识了一个有钱人,他曾和朋友开着奥迪去人间天上找小姐。结果人家小姐开着宝马来,轻蔑地问他们:我包你们一夜,开个价吧。搞得他们灰溜溜地跑了回来……"余一"咳咳"两声,看了看唐醋,拼命忍住笑。唐醋则拿起余一的一本书,摆出一副"两耳不闻身边事,一心只读圣贤书"的架势。

书冉又说:"大叔,我还认识另外一个朋友,姓刁,叫刁友乾。这个人确实有钱,巧的是,他和唐警官是同行。听说他有许多小三,后来新娶了个漂亮老婆,对他紧缩银根,搞得他财政支出困难,只好紧缩'淫根',竟然效仿起公司管理办法,在小三里'裁员',叫她们比赛琴棋书画,搞淘汰制……你说有趣不有趣?"

余一笑着说:"有趣有趣。唐醋,贵系统藏龙卧虎,人才济济呀!"

唐醋白了余一一眼。

书冉接着说:"大叔,我还有另外一个朋友……"余一见唐醋一招不接,怕她真生气了,便打断了书冉:"好了好了,对着秃子说光头,在警察面前大谈违法乱纪之事,你这什么意思? 你那些狐朋狗友,我不感兴趣,咱还是说说社会的光明面吧。"

书冉说:"说起光明面,我正想跟你推荐。我认识的一个人开了个高档面馆,就叫'光明面',刁友乾他们最喜欢去吃……"

余一只有彻底无语。

好在徐阿姨他们及时到来,打断了现场广播剧"书冉朋友系列故事"。于是六人一行,到门口饭馆里要了个包间,吃羊肉火锅。席间大家热情地说起李定来京看病的事,原来李定他们是冲着"十一医院"来的。这个医院名叫"十一",意思是"十个第一":医术第一,服务第一,价格低廉第一……广告铺天盖地,天下第一。

"这个医院确实第一,很极品。"余一对徐阿姨说,"徐阿姨您肯定对它印象深刻。您的腿呀,好险!"

众人奇怪道:"徐阿姨跟十一医院有什么关系?"

徐阿姨微笑着说:"叫余一说吧。"

那时余一和徐阿姨还不认识,余一正在"滚蛋",他"岳父"在前面拉,他在后面推,哐哐啷啷地走。路过紫穗山庄时,徐阿姨正和她的工友们在收拾小区周边的草坪。不防一辆汽车朝她直冲过来,徐阿姨躲闪不及,被手里的板车挂了一下,腿上顿时血流如注。那汽车想溜之大吉,不想被余一的一驴一蛋挡住去路,只得刹车。众人一拥而上，将那车子围了个严严实实。余一见那肇事者年纪不大，撞了人也没有惊恐慌张的表情，心里一动，问他："你爸是不是赵刚？"那人摇摇头。余一稍觉放心，对众人说："搜搜他的车子，说不定里面藏有一把刀。近来很流行玩这个：撞不死你，捅死你。"众人搜索完毕，没有发现刀子，余一便彻底放心，说："抓住他，别叫他跑了！"

然后去看徐阿姨，只见她的腿上皮都翻开了，血咕嘟咕嘟地冒，不禁头皮发麻，心想这样流下去非出人命不可。于是赶紧蹲下去，将她搀扶起来，问："阿姨，请问您叫什么名字？有亲人吗？我帮您打电话通知他们来吧。"

徐阿姨说："我叫徐……"

只报出了一个姓，还没说完名字，吓得余一浑身一抖，手一松，刚被搀起来的徐阿姨就重新跌倒在地。她一看余一的表情，就完全明白了，说："小伙子，放心吧，我不是南京人，你瞧我的年纪，也不是老太太。我在北京一个亲戚都没有，也不认识法官……哎哟……"

余一还是有些犹疑，周围众人看出了他的心思，也都能理解，纷纷对他说："放心吧，我们能证明她不是你撞的。她是我们的工友。"

这样一来，余一就放了心，背起徐阿姨就朝医院跑，一口气将徐阿姨背到院里，累得一屁股坐倒在地。他喘气不止，连完整的话也说不出，只是手指着徐阿姨，眼望着医生，说："快，快，快救人！"然而人家医生毕竟是见过世面的，冷静得很，不急不慢地告知程序和费用："先挂号，骨科急诊，五块钱。"余一浑身上下摸老半天，五块钱急死英雄汉。他就是因为生活费告罄才被迫"滚蛋"的，现在哪能变出这五块钱来？无奈，他只有请求先救人，随后再挂号。可人家根本不理。余一急得跳将起来，立刻就要骂人。但他的骂声才刚开始就被　阵撕心裂肺的嚎哭给淹没了。只见一个中年妇女,抱着一个孩子,"扑通"一声跪在一个医生面前,哭喊着求他救自己的孩子。她身边的丈夫见状,"扑通"一声也跪下了。余一清清楚楚地看到了那孩子的模样:脸憋得通红,浑身一下一下地抽搐着,嘴巴里流出淡黄的液体……那医生被这对农民工模样的夫妇弄得手足无措,不过还是一再地说:"这阵子这病很流行,我们确实没有床位了。你快点去别的医院吧,这种病,拖一秒就晚一秒……"

但那妇女不肯走,说去过别家了,人家也不肯接收。这边正嚷得不可开交,突然又听到一声嚎哭——应该说是一阵嚎哭,比这妇女的更加高亢和嘹亮。只见一群人风风火火地闯了进来,都是衣着光鲜气质不凡的,嚎叫声是从几个女性口中发出的。看来无论身份地位有何差异,对孩子的关爱之情都是歇斯底里的。那伙人看见这里有医生,立即抓住他不放。余一看那孩子,症状和那妇女的孩子一模一样,看来他们是染上了同一种传染病。

那医生还是以"没有床位"婉拒,却见这伙病人家属中的一个五十来岁、面阔口方、红光满面、器宇轩昂的人,走出来冷笑一声,说:"叫你们院长来跟我说话!"

那医生一听,笑容像是从暗处飞来的鬼魅一般,毫无征兆地突然显现,赶紧说:"好的好的,请您等一下……"

不一会,同样五十来岁、面阔口方、红光满面、器宇轩昂的院长率领几个人快步来迎,口中连连道歉:"不好意思不好意思,我们腾了一个临时手术室,请跟我来吧。"

这伙人便呼啸而去。剩下农民工夫妇,兀自哀嚎不止。

目睹这一切,徐阿姨和余一对视一眼,余一连骂人的心都死了。

"小伙子,刚才你也看到了,你不挂号他们不会理你的。我外衣口袋里有钱,你掏出来吧。"徐阿姨对余一说。如此这般才进入了急诊室。好在她的工友们随后赶来,七手八脚地凑够了住院费,解了燃眉之急。

余一刚刚说完,书冉说:"我也想起一个关于十一医院的事。说是某人躺在手术台上,准备接受手术,当他看到主刀医生时,立刻吓得滚落在地,大声惊呼:'他的证是我办的! 他的证是我办的!'"

大家被余一的一番叙述煽动得心中起火,此时听了书冉的话,却不禁轰然一笑。

谈笑之间,余一暗自心里筹划着,等这个农民工性调查告一段落,就开始弄《神都闻见录》的第二篇,医院里那些乌七八糟的东西可是最有价值的素材,名字都想好了,命名为《医者商贾心》。正构思自己的大作之时,书冉开始嚷嚷余一手上的伤疤。

余一便恨恨不已地提起被人从身后偷袭的遭遇。又有人提起李定夫妇被小偷扒去了钱包的事,唐醋说应该是咸亨旅馆附近的乞丐们干的,他们亦乞亦盗,亦骗亦抢,无所不为。

余一看到唐醋的态度更是觉得奇怪,便又问她:"你怎么知道是乞丐做的?"

"这样的案子多了,闭着眼睛也能猜得出来。"

"你们不是最讲究证据嘛,警察都这么臆断,你让我们老百姓还活不活啊?"

"我们的证据、我们的推断没必要让你这个平头老百姓知道。"唐醋开始不由得散发出一身正气。

余 眼看问不出什么结果,转而嬉皮笑脸起来,脸上硬生生堆起了笑容:"知道你是这个片区最英明神武、最漂亮的女警啦,那些破乞丐们肯定已经在你们的掌握之中啦。"

唐醋很自然地流露出一丝莫可名状的遗憾:"唉,但掌握了又有什么用呢?"

"为什么没用啊,你们领导都没有办法吗?"

唐醋敏锐地横了余一一眼:"无可奉告!"

"不说就不说,谁稀罕!这种事情,我问刁友乾,他可什么都知道。"书冉被冷落在一旁很久,心有不甘,急忙说道。

"他就算知道,你也不会知道。你以为你是什么人啊?"唐醋也不甘示弱。

"我当然可以,他是什么人啊?还不是拜倒在我的石榴裙下。我勾个手指,他就屁颠颠跑地过来。"

这话一出,余一也不禁开始嘴痒:"是的,她就有这么厉害。别人勾个手指,她就自动送上门了!哈哈。"

"你,你,姐姐我吃香着呢,粉丝一大群,每天都有人跟拍。知道你们肯定不信,等会走着瞧!"书冉来劲儿了。

"好啊,我们会密切注意的。"余一随意敷衍道。此时,他的心思已经飘往乞丐了。听唐醋的语气,他感觉其中必有隐情。《神都闻见录》的第三篇,就是揭开史上丐帮第一大黑幕,说不定这一举便能名垂青史!哈哈!想到此处,余一不由得开始奸笑起来。不想,被书冉敲了一下头。

"你笑个头啦,我就知道你不信!我跟你打赌,如果真如我所说,你要乖乖听我话,随我打随我骂!"书冉气急败坏了。

"好,好,对了,那个刁友乾什么时候让我会会啊?"余一已经谋划着怎么去做这个调查,毫无疑问,这个刁友乾是个好口子。

书冉正在气头上,理也不理他,一杯接一杯地找唐醋喝起酒来。

几人谈谈讲讲,不觉时光飞驰。后来徐阿姨站起身,说酒足饭饱,可以散场了,余一便去买了单。书冉在吃饭时自斟自饮,酒入愁肠化作娇无力,好长一段时间趴在余一的肩头,此时醉态可掬,行步不稳,一直粘在余一身上。徐阿姨便叫他送她回去。

刚走出小饭馆的门,余一就听到"咔嚓"一声,左右看看,只见不远处有个可疑的人在把手机朝兜里装。那人极力装出若无其事的样子,但余一还是能看出他有些不自然。他为何要拍自己?

不对,他是来拍书冉的!余一不相信这世界上还真有人做这么无聊的事!书冉不知什么时候突然清醒过来:"看吧看吧,我说了有粉丝拍我,还不信!粉丝,你好!谢谢你喜欢我!"书冉还真当街喊了起来。

余一赶紧捂住她的嘴。想不到啊想不到,书冉还真有粉丝,是不是托啊?不是有一种职业叫专业粉丝吗?仔细想想,刚刚与书冉的这个赌,并不像有意为之。雇一个粉丝每天来拍自己,只是为了某一天跟我打这个赌,显然成本过高。

那就是书冉真的有粉丝?余一不禁仔细端详起怀里的书冉那娇美的脸蛋。此时,迷迷糊糊的她显得格外漂亮,余一不禁凝视得有点出神。其间书冉睁了一下眼,与余一目光交织。余一微微一笑,她也便从嘴角粲然生出小花一朵,然后如小鹿一般朝他怀里拱了拱。瞬间产生的温暖与暧昧,让余一的心里泛起了异样的感伤。

书冉住的那个小区也叫"紫穗山庄",只不过是余一所在的紫穗山庄的"分区",离这里很有些远,是她妈妈在书冉大学毕业时买的,书冉一直住在里面。但有一天,她妈妈突然气急败坏地从老家飞过来,说买错地方了,一定要将房子卖掉,重新在紫穗山庄的"中心区"里买一套。但书冉已经喜欢上了那里,极力反对,她妈妈才不得不"停止发疯"。

她的房子三室一厅,室既宽敞,厅也阔大。余一每次从自己的那个蛋里来到这个房子里,第一念头是想就地打个滚,感受下宽阔自由的滋味。他总觉得书冉狡兔三窟,太浪费了。如今又来到这里,余一忍不住想,自己的蛋形蜗居算是新房,她这房也是新买不久,将新比新,霄壤之别;她每月拿薪水,自己每月偶尔也有薪水,将薪比薪,自惭形秽;她有一颗心,对自己挺好,自己也有一颗心,对她也不错,唯有将心比心,才能稍觉安慰……他不着痕迹地叹息一声,打开灯,将书冉扶进卧室,除去鞋子,盖好被子,就准备回去。书冉突然伸出手来,抱住他的脖子,将他拉近自己。灯光下只见她酡颜如醉,嘴唇如玫瑰花瓣一般红艳欲滴,眼睛里似乎有隐隐约约的热浪在云蒸霞蔚……余一晕乎乎的,就像爱花之人见到芬芳的花朵忍不住将鼻子凑近去一般,便对书冉的拉力不再反抗,附身吻住了她的唇。一吻之下,登时惊醒,心中有个声音告诉自己:不可再深入,不可再深入。于是奋力挣脱,站了起来。

"你好好休息,我走了。"他说。

书冉一把拉住他衣服:"你不要走,我一个人住这么大房子,又孤单又害怕。还有,那些粉丝很恐怖的,说不定会闯到我家里来!我怕!而且你输了,你说你输了就要听我话的,大男人不能言而无信!"书冉登时逻辑无比清晰地阐述着她的要求。

余一想了想,只得答应。

"你去找个房间睡一晚吧，明天我上班，和你一起走。"书冉瞬间展开了笑容。

余一关上房门，将房间的门闩了两道，确保书冉即使有钥匙也进不来，随即感觉好笑：她一个女孩子，能把自己怎么样？不过他到底还是保持了两道门闩。

又大又软的床，又轻又暖的鸭绒被，他睁着双眼仰躺着，想起自己和书冉刚认识的情景。那时，书冉作为交换生正在以色列学习。余一看了她的照片，用一句"肌肤丰泽"评价，结果书冉就在 QQ 签名上写道："有人说我'肌肤丰泽'，哈哈哈……"余一说："怎么了，这是曹雪芹评价薛宝钗的话嘛，有何问题？"书冉说："没有问题，只是在我的朋友里没人能说出这样的话，你很博学。"她又说："我的名字里有个'书'字，可惜最没耐心读书，但又偏偏羡慕读书多的人，这就是悲剧之所在。"于是他俩相谈甚欢。后来余一发给了她一篇文章，名叫《那些被淡忘的时光》，是纪念自己在江南那一段日子的。书冉读后，要求余一将那文章封存，再也不要叫女孩子看到。"每个女孩看到这篇文章都会爱上你。"书冉说，"所以你不能用它为非作歹。"

从此她就对余一非常之好，什么话都对他说，贴心贴肺地信任。这让余一常常感到不可思议：文字的力量真就有那么大？但为何在主编那里自己的文采被视作卖弄，必欲灭之而后快呢？

后来他终于被主编灭掉，且祸不单行，女朋友洛宛也离他而去，临走时还不忘对他羞辱一番，说他顽固不化、不知变通，注定一事无成。那时，他被重击之下，心理产生了微微的变态，一个邪恶的念头突然冒出：天下鲜花尽被狗屎玷辱，自己的女朋友跟了个中年垃圾男,为何自己就不能去糟蹋糟蹋小姑娘?于是一腔愤怒竟然对准了书冉,当即就跑到她这里欲行不轨。其实书冉开放至极,甚至在性方面有点堕落,她对余一又很喜欢,余一尽可以对她为所欲为。但不知怎的,当他看到书冉打开门,一脸欢乐的模样,却在刹那间觉得她纯洁无邪,登时为自己的下流心思深感惭愧。此后就对她守之以礼,决定好好珍惜这个好朋友。

然而,他与书冉充满诱惑力的身体相亲相近,还是常常忍不住胡思乱想……

余一在床上翻来覆去地练习了不少辗转反侧,一直到了后半夜困意才姗姗而来,终于沉沉睡去。

一觉无梦,不知所之。他是被书冉吵醒的,她在门口大喊:"起来吃饭,懒猪,太阳都晒屁股了!"打开门,书冉已梳洗完毕,换了套衣服,粉红色的,公主路线,同样风姿绰约。

两人面对面吃早饭,余一想到昨晚的事,有点不敢看书冉的眼睛。书冉好笑似的盯着他,突然放下筷子,跑去拿来一本《挪威的森林》,说:"你推荐我好多书,我只读了这一本。挺喜欢里面的一段话的,读给你听听。"

于是她读道:"咦,上次那个星期日你吻我了吧?……我左思右想,还是认为那很好,好极了。当时,我这么想来着:假如这是生来同男孩子的第一个吻,那该有多棒!假如可以重新安排人生的顺序,我一定把它排为初吻。绝对。之后就这样想着度过余下的人生:我有生以来第一次在晾衣台上吻过的那个叫渡边的男孩如今怎么样了呢?在这五十八岁的今天。如何,你不觉得棒极了?"

"是很棒吧。"余一说。这也是书里的台词。他心情坦然了,与书冉相视一笑。

"对了,你说的那个刁友乾到底是怎样的一个人物啊?"余一赶紧趁她清醒的时候进入正题。

"是唐醋的同行,不过他是领导,是一个副局长。不过,虽然这个人非常好色,我却挺佩服他的。"

"为什么呢?"

"给你找一段视频看。"

书冉打开电脑,找到一个视频网站,输入几个关键词一搜索,画面里出现了刁友乾。那似乎是一个抓捕现场,警笛声、喧哗声,乱成一团。只见刁友乾用右脚踩着一个人的脑袋,正在打电话,声音很大很兴奋:"对,我抓到他了! 对,刚抓住,现在就在我的脚下!"

余一看那个被踩在刁友乾脚下的人,双手双脚都被紧紧铐住,有些面熟,问书冉:"这个人是……"

"新中国成立以来智商最高的职业抢劫犯! 全国的警察对他围追堵截,他总能巧妙地脱身。有一次被追得急,他竟然住进挨着某市市警察局的旅馆,警察们在外面追得翻了天,谁能想到他就在自己的眼皮子底下! 所以对这位有勇有谋的歹徒,警察们常常望洋兴叹,无可奈何。结果还是刁友乾逮住了他。刁说,他虽然和这家伙素未谋面,但是清楚他的性格,算准了他的活动方式,所以能守株待兔,一举将他擒获。"书冉兴致勃勃地夸奖着刁友乾,"老刁最后说,逮住了这个人后,他相当寂寞,说以后再也找不到这么强的对手了!"

最后一句话激发得余一豪气顿生,立即想起了独孤求败的那几句话:"呜呼,群雄束手,长剑空利,不亦悲夫!"

他对刁友乾油然而生某种程度的崇拜之情。

"要说好色，你们男人有几个不好色的？英雄难过美人关，是英雄美人才会给关过呢！所以克林顿的那个什么莱温斯基案，我一点都不觉得有什么大不了，这么厉害的总统，犯点小色戒，怎么了？"

"你好像对他很心仪呀，他又对你那么有兴趣，你们俩不会……"余一笑着问书冉。

书冉撇撇嘴："我很佩服他，可不是喜欢他。他倒是对我很有意思，可惜他那型号的人不是本姑娘的菜。不过，跟他交往很长见识，他随便点拨几句，就能让你茅塞顿开，做事能力一下子就见长。"

"这不就是传说中的仙人指路嘛，我倒挺想见见他的。正好，还有事情想请教，说不定他能解开我的疑惑。"余一想起唐醋隐约提及的警察局内部对乞丐问题的暧昧态度，便想也许刁友乾可以帮助自己。

"可以啊，有机会一定介绍你认识他。"

"对了，你真的有粉丝？"余一想满足一下自己的好奇心。

"不告诉你。"书冉神秘一笑。

早饭后，两人分道扬镳，书冉去上班，余一回紫穗山庄。他俩一同走出小区门口，余一突然神经质地左右察看，只见人流如潮，万头攒动，没有什么可疑的脸孔。

"怎么？你在找我的粉丝？"书冉说。

"你的粉丝也太职业了，行踪竟然可以逃过我的法眼？"余一惊奇地问。

"你就放弃吧。"书冉若无其事地说。

"为什么，你不觉得这事还挺怪的吗？"

"开始我以为是有人看到本姑娘漂亮,顺手偷拍一下,可后来发觉不对劲,他老是拍我,在各种地点、各种时间偷拍我。有几次我在极短的时间内几乎和他打了照面,可是那张脸普通得很,我记不住。"

"确实,我昨晚也看见他了,只不过是侧面。那人没什么特异之处。他为什么要拍你,真的是你的粉丝?有多久了?"

"有好几年了,自从我来北京上大学他就拍,后来出国一年,没拍了,回国后又拍。好像他一直在关注着我,我也不知道为什么。管他呢。"

"报警吧。"

"我跟警察局的领导都说过,就是那个刁友乾。叫他说这事很难动用警力,只是叫我自己小心,或者想办法把他抓住。不过那人的目的看来只是偷拍,没有其他不轨的想法。有好几次我走在僻静的路上,他跟着我偷拍,别的却没干。还有,我一个人住,常常敞着门,他躲在门口拍我,但从未进来过。有一次我包包上的挂坠掉了,他还帮我捡起来,故意放在我门前——虽然他没有出现,但我知道是他。他对我没有恶意,这我能感受得到。"

"太古怪了!下次咱们想办法抓住他,问他为什么这样做。"

"嘿嘿,我一开始有点害怕,现在觉得挺有趣的。也许他就是一个默默暗恋我的变态粉丝?"

"我看你才很变态。"

余一回蛋里取纸笔,继续去农大蹭暖气。行经上次被挨黑脚的那段僻静处,有个人突然跑过来,"扑通"一声跪在他面前,二话不说,"啪啪啪"地猛扇自己耳光。边打还边忏悔:"对不起,我有眼不识泰山,冒犯了你老人家,你大人不计小人过,我再也不敢了……"吓得余一倒退几步,一看,正是此前行骗未遂、从背后踹了自己的那人。此时他鼻青脸肿,好像被谁揍过,还跪在地上自打耳光不止。

这是余一有生以来所遇到的最为怪异之事,他指着那人"你你你"地半天,也没"你"出个所以然。那人大概觉得打得差不多了,爬起来,飞快地跑了。

余一呆在原地,愣了半晌,拔腿就朝派出所里跑。

"唐醋,这……太厚爱了吧。有点消受不起。"他气喘吁吁地说。

唐醋一头雾水:"请问你在胡说八道什么?"

"那骗子……嘿嘿嘿,你下手似乎狠了点。"

"不知所云。"唐醋说。她耳听电话,手批文件,一副忙碌模样,无心应付余一。

余一突然明白了什么。即便抓骗子是唐醋的职责,但她把那骗子打得那么惨,还叫他来下跪道歉,自打耳光,无论如何也太像万恶的旧社会了,多少有些滥用职权之嫌,自己岂能在这里让她暴露此事。他便又"嘿嘿"两声,神秘地说:"此事你知我知,天知地知。我就不说谢谢了。"

听了这句话,唐醋停下了手里的活,问:"什么意思啊?"

余一"嘿嘿"地笑着说:"不愧是女中豪杰,和我一样,做好事不留名,做坏事一定留名。"

唐醋白了他一眼:"神经兮兮!"

余一环顾了一下四周,说:"看来除了我的那个小案子,最近治安状况良好啊。"

"才怪,有你在,治安状况怎会良好? 他们都出去抓你了。"

"呀,那看来最危险的地方就是最安全的地方,我就在你这里躲着了,他们把外面翻个底朝天也抓不着我。"余一嬉皮笑脸的,突然又想起了什么,"对了,在《笑傲江湖》里,任盈盈散布消息,叫天下英雄追杀令狐冲,却将令狐冲带在身边,不准他离开半步,说只有这样才最安全。莫非……"

"莫非什么?"唐醋柳眉倒竖,一副一言不善随时要发火的气势。

"莫非是莫大先生的什么人?"余一见势不妙,不敢将玩笑开到底,赶紧胡扯了一句。

"神经病!"唐醋骂道。

连碰几次钉子,余一才发觉唐醋今天心情不好,只是不知道她这坏心情是普遍性还是特殊性——前者不分对象,逮谁给谁脸色看;后者具有特殊针对对象,比如自己。但不管是普遍性还是特殊性,总是三十六计走为上策。

余一说:"那你忙吧,我走了。"

"慢着!"唐醋喝住了他,"你刚才说什么,骗子?"

"对啊。"

"是怎么回事?"

余一便复述了一遍。

"好啊!"唐醋听罢,脸色顿时多云转晴,"这些该死的骗子,就该有人这么对他们!是谁打的他?"

余一奇怪地说:"不是你?"

"怎么会是我?我倒巴不得能亲手揍这些人一顿!刚才有几个人报案,说是被乞丐骗了,我要查,可偏偏不让查,气死我了……"怪不得她刚才心情恶劣,原来也是为了骗子的事。不过,唐醋的演技还真是好,搞得好像真的跟她无关一样,还加戏,这个愤怒的表情,真实度百分之九十九。不管怎么样,看得出来这其中还真有隐情,余一又开始为自己的神机妙算得意起来。

"谁不让查?为什么不让查?"余一问。

"你干吗这么大的好奇心啊?没看过一个电影叫《好奇害死猫》?好好地写你的文章去,别到处瞎管闲事。"

"我就是为了写好文章,不是瞎管闲事。"余一想了想,把《神都闻见录》的计划告诉了她。

唐醋沉吟了一下,说:"这个构思挺好的,书写出来我一定买十几本送给同学朋友好好读。可是我没法帮你,你自己想办法了解吧。"

第四章　初入丐帮

书冉果然是一发不可收拾,又要求余一晚上陪她看电影。余一刚好正郁闷着,二话不说就去了。

看的是《盗梦空间》,近年来不多见的深具奇思妙想的片子,说的是通过侵入别人的梦境,可以将他的某种根深蒂固的念头给拿掉,就像从树上摘下一颗桃子似的。他看到男主人公"心里有座坟,埋着已亡人",深层意识里一直牵挂着已经香消玉殒的妻子,不由得想,要是真有盗梦这门技术就好了,将自己意识最深处的那个人盗走,不让她再日夜纠缠自己。

书冉见他神情郁郁的,便缠着他问他怎么了。余一知道书冉一旦想知道什么事,一定纠缠到死,再加上自己长久的骨鲠在喉,终于不吐不快:"还记得那篇《那些被淡忘的时光》吧?我因为一个女孩,跑去江南疗伤。一直没告诉你那女孩是谁。其实就是我的前女朋友,姓洛,叫洛宛。本来发愿与我做贫贱夫妻,白首偕老,后来到底觉得贫贱夫妻百事哀,无法忍受,跟我分手了。我虽然伤心,但还可以理解,自己深爱的人能过上好日子,自己即便做不到衷心祝福,起码也不会诅咒恶骂。可是她竟然在与我分手后的一周内就嫁了人。所以,我想可能她早就给我戴上了绿帽子!可她嫁的是个什么人啊,离过婚的老男人,两人年龄相差将近二十岁!"

书冉惊讶得张大了嘴巴。"不是吧？你怎么这么悲催！"她怜惜地看着余一，摸了摸他的头，"别难过了，那个洛宛嫁给那家伙，自己就惩罚了自己。走，去我家，给你看样东西，叫你开心开心。"

她给余一看的是她新买的电脑，台式机，配置豪华。余一说："这有什么好开心的，你不是有个笔记本吗，怎么又买台式机？铺张浪费的事并不能让我开心。"书冉说："非也，所谓新的不来，旧的不去，如果不是这个新电脑来我这，那个旧电脑就不会去你那——借给你用了。都什么年代了，写东西还用纸笔，我实在是看不下去。"

余一一听，果然一阵惊喜。当初他和洛宛分手，拿到那笔青春损失赔偿费时，就想买个笔记本；但后来考虑一下，觉得买那个蛋更划算，于是才剜却心头肉，买来一"傻蛋"。他写文章只能写在纸上，积累到一定字数再到网吧里打出来，又累又麻烦，做梦都想拥有一台笔记本电脑，没想到书冉帮他实现了。

"借给你用的，不是送给你哦。所以你不必有什么心理负担。虽然是旧电脑，但性能并不差，无线网络什么的一应俱全，放心使用吧！"书冉说。

余一心里充满感激，他想书冉真是红颜知己，连自己的顾虑都一清二楚，不但奉送电脑，还负责心理抚慰，得友如此，夫复何憾！

余一抱着电脑，兴冲冲地跑回家，却见李定夫妇在蛋里等他，也是一脸喜色。

"一哥，今天下午青青下班，打开小屋的门，你猜发现了什么？我们被偷的钱包！有人从门缝里塞进来的。我们数了，11357块钱，一分都没少！"

余一简直不敢相信自己的耳朵："真的假的？钱包拿来我看看！"

青青把钱包递给他，里面一大叠钞票，果然不假。

"一定是唐醋逮住了小偷，帮他们要回来的！"余一想，"她铁了心地要做好事不留名！"只是他奇怪，返还欠款，是正大光明的事情，为什么又这样偷偷摸摸地进行？

"明天赶紧把钱存进银行，办一张卡。带这么多现款在身边，真没有安全意识。"余一说。

他俩答应着，刚要出门，徐阿姨来了。她听说这件事，也挺为他们高兴的。"现在钱拿回来了，你们有什么打算？"她问李定夫妇俩。

"就在北京待着，哪也不去了。"他们答。

"治好病后也不回去了？"

"不回了！"

"啊！为什么啊？"几人异口同声地问道。

他们这才说起自己的身世。原来李定是孤儿，从小父母双亡，是由姥姥养大的。而青青是弃儿，父母离异，各自再婚，都不想要这个"拖油瓶"，她被她的"家族足球队"传接了多次，最终落到舅舅脚下，他传无可传，被迫摆了乌龙，射进自己门中。两个人真可谓"姥姥不疼，舅舅不爱"，从小受尽冷眼，饱受虐待。同病容易相怜，他们青梅竹马地长大，一到法定婚龄，就私下到民政部门领了结婚证。他们的舅舅和姥姥见生米做成熟饭，也就没有反对，反倒庆幸他们自立门户，自己可以甩掉包袱了。现在想来，两位至亲的人对自己虽然有养育之恩，但二十年来累积的温情还没有在北京这几天感受到的多。

一席话说得余一和徐阿姨神情黯然。徐阿姨赶忙安慰："没事，都年轻，胳膊腿好好的，怕什么？就在北京好好干吧，咱们大家互相帮助。"

一句"互相帮助"赢得余一深深赞同，作为最底层的小虾米，如果不抱团取暖，那可真要"路有冻死骨"了。

当晚，李定夫妇坚持要宴请余一和徐阿姨。大家心里高兴，喝了点啤酒。余一和李定回到工地上，酒意上涌，倒头就睡，中断了去"蹲点"的功课。半夜时分，余一被尿憋醒，发现李定窸窸窣窣地穿上了衣服，朝外面走去。余一以为他是撒尿，便也穿上衣服，出去同撒。然而出了门，却见李定朝街上走去。"难道他是要替自己'蹲点'？"余一想。不禁心里一热。撒完尿回去躺了会，却睡不着，想到《诗经》里某人的抱怨："或栖迟偃仰，或王事鞅掌。"觉得还是去和李定共同进退比较地道。

他到了往常蹲点的地方，却不见李定的踪影，正在纳闷，却听到那红锐声骂了几句，随即门开了，伴随着那红的一声"滚蛋"，李定一个踉跄走了出来，门"哐当"关上了。

余一大奇：李定怎么会跟那红吵架？难道这小子今天有了钱，饱暖思淫欲了？眼见李定转身要朝工地走，他赶紧抄小道提前回到了宿舍里。

耳听着李定脱衣上床，余一心里不由得一阵悔恨：以为此人是个淳朴青年，却没料到是个色中饿鬼。那红是自己介绍给他认识的，他这样搞，自己岂不成了皮条客？从刚才的情形看，两人似乎发生了不愉快，这样看来，自己这个皮条客当得还两头不讨好！

第二天他去找那红，询问昨晚的情况。那红不高兴地说："你瞧你认识的都是什么古怪朋友！来找我，叫我脱光衣服，他自己也脱光衣服，却不跟我做！这不是要我嘛！"

"啊？脱光衣服却不做？什么意思呀！"

"我看可能是他不行,软绵绵的,怎么弄都起不来。"

如此说来,李定应该不是去照顾生意,那他到底是去干什么呢?

余一觉得不太好意思,是不是自己让他去蹲点,他看多了,自己就学坏开始偷腥了。于是他便让李定不要去了,反正他收集材料的工作已经完成,分析和结论都快弄完了。

在蛋里宅了一天,终于完稿了。他把文章全稿交给书冉后,书冉很快给了回音,说论文得到了一致好评,已经被选用,并给了一笔订金。她把那笔"巨款"——五千块钱——交给余一时,余一的手都哆嗦了。拿到这个钱,就说明他的稿子已经被选用了,接下来就等待名利双收、飞黄腾达了。

他兴奋到亢奋的程度,跑去把唐醋的钱还了,然后把她,还有书冉、李定夫妇、徐阿姨,甚至工地上的几个民工兄弟,一股脑地聚拢来,大摆筵席,热烈庆贺。

在席上,大家提及最近喜事不断,先是李定夫妇寻回巨款,现在余一的作品又初战告捷,纷纷向他们表示祝贺。大家为李定夫妇筹划,认为既然有了一笔钱,再不必一个暂住在工棚里、一个屈身在蛋居内,相距不远却过着牛郎织女的日子;可以在附近租一间房子做长久打算。青青说,他们早已合计过,但稍微近一点地方的房租都高得吓人,稍便宜一些的又十分偏远,租房子终归是不划算。所以深思熟虑之下两人得出结论:如果能像余一那样买来一个稍大点的蛋,比租房子划算多了。

大伙大感惊奇,没想到他们会有这样的念头。唐醋笑道:"真是近墨者黑。他这人整天颠三倒四,净干些稀奇古怪的事,没想到你们刚和他认识几天就被传染了。他笨得要命，买了那个蛋，可以叫做笨蛋。要不然怎么会买来却用不上，还得到处蹭人家的房子睡？你们可别跟着他犯浑。"

余一反驳道："我用不上是因为收入不稳定，没法给蓄电池充电。他们夫妻俩一起挣钱，虽然不多，但应付蓄电池是绰绰有余了。还可以装个太阳能，方便得很。只要能解决放置的地方，比租房子划算多了。其实我留意过，这一片地区十年之内不会停止土木工程，只要有工地，只要有民工兄弟，咱们的蛋就有立足之地。只是需要注意不被发现，大不了继续滚蛋呗。"

书冉笑道："对，滚蛋的时候可以找你岳父帮忙。"

余一跟大家说了"岳父"的事，惹得大家一阵大笑。

余一对徐阿姨说："我觉得他们的想法有一定道理，只要能解决蛋的停放问题，买个蛋是比租房子划算。这就靠您了，您当初能保护住一个蛋，自然也能护住两个蛋。"

徐阿姨微笑道："感觉我成了个老母鸡了！"

余一油然想到"卵翼"这个词。

"如果真买蛋，我们要和一哥做邻居，不然挺怕的。我这两天一个人睡那里，总在半夜听到有女人叫喊，隐隐约约的。认真去听又听不到，想合眼睡觉，却又朦朦胧胧地传到耳朵里，就跟从地底下发出的声音似的。"青青说。

"女人叫喊？"

"嗯，是啊。一连几天都是这样。头一回以为是幻觉，听了一会，听不真切，就又睡着了。第二次我确定不是幻觉。你以前没听到过吗？"

余一讶异地说："从来没有！可能是因为我睡觉比较沉吧。更可能是我一无所有，连女鬼都懒得理我。"

大家都笑了起来。

余一心中高兴，眼见民工兄弟们猜拳行令，觥筹交错，热闹欢快，不禁一阵激动，起身举杯说道："朋友们，很高兴你们能来参加这次聚会。今天对我来说，是一个很重要的日子，它可能是我生活的转折点，从前半段的失败、忧愁、落魄，转向下半段的成功、自信、快乐。这个转折点的到来，是由于一个梦想的实现，而这个梦想的实现，则是靠了一位好朋友的帮助。朋友们，请举起酒杯，和我一起向这位好朋友——书冉，表示诚挚的谢意吧！"

众人轰然起立，一起举杯。

酒足饭饱后，大伙纷纷离去，剩下书冉和唐醋两个人，面有忧色。"怎么了？"余一好笑地问她们。两人对视一眼，没有吭声。良久，书冉突然瘪瘪嘴，"哇"地哭了。余一吓了一跳："你怎么了？发生了什么事？"书冉抽抽噎噎地说："大叔，如果我做错了事，你不会怪我吧？你会原谅我吗？"

余一最见不得女孩子哭，哪管她会做错什么事，赶紧说："你帮了我这么大一个忙，我怎么会怪你呢？"

听了这句话，书冉更是悲从中来："这个忙一点都不大，但是，我是真心为你好的。你记住，不管我做错什么事，你都要原谅我，好吗？"

"好，好，你就算把我杀了，我的鬼魂也会原谅你……别哭了。"

这个回答叫书冉"扑哧"一下，破涕为笑。"好，这我就放心了，我先回去了。"

余一丈二和尚摸不着头脑，看着书冉上车离开。

书冉走了还没有半分钟，余一接到书冉的电话。余一问："怎么了啊，这刚走，就想我了？"

"余一，我想跟你承认一个错误，你刚刚说了会原谅我的哦？"

"好，你说吧。"余一还没有从狂喜的氛围中走出来。

"你的论文没有拿去参加什么评比。那边突然说不要了！那五千块钱是我卖给我的一个研究生朋友，当他的毕业论文，他给我的。"书冉连珠炮般说完了，余一还没有反应过来，她已经挂断了。余一差点一屁股坐倒在地。他希望他自己没有听清楚，于是又打电话过去："你说什么？你卖给了一个破研究生？卖了五千块钱？"

"嗯，是不是价钱还行啊？"

"价钱太便宜了！我这他妈的怎么也得一万以上，你这人会不会做生意啊？"

"啊，不是吧。其实我只卖了四千，还有一千是我的友情赞助费，我错了……"

余一绝望地挂断了电话，他不想跟她争执，也不想跟她解释她到底错在什么地方。对于书冉，已经没有什么好说的了。自己辛苦做的报告，期望获得大名大利，只是得这么一点点利。最关键的是，在他眼中傻得出奇的女人，他认为了最了解他的女人——书冉，竟然还骗了他。

想起《倚天屠龙记》里张无忌他妈告诉他说："不要相信漂亮女孩说的话，越漂亮的女孩越会骗人。"骗钱还好，现在骗走的是他的希望，接下来他还能干吗呢？一想到自己的《农民工性生活大调查》流落到某一个混文凭的破研究生手上，发表在那些靠赚钱为生的所谓学术期刊上,占用着各大图书馆的某个角落,接受千百年灰尘的洗礼……余一怎么也没法拐过弯来,气呼呼地坐在蛋里。被骗,还是被亲密的人骗!

想当初,他喊出的那句"只要你选择了方向,整个世界都会为你让路"无比励志的话,他是多么有豪气!他下决心一定要将《神都闻见录》写出来,一定要成名,一定要报仇雪恨!现在,第一个篇章还没有翻过去就已经夭折,而自己的报仇大计又何时能完成呢?

而那该死的主编还在继续收着黑钱,腰包越来越鼓。自己却被逐出编制,女朋友被抢,以为可以凭借《神都闻见录》一鸣惊人,状况却至今没有一点改善。真所谓清白者诛,窃国者诸侯,贫者愈贫,富者愈富,悠悠苍天,此何人哉!

他心绪低落到极点,犹如一根弹簧被泰山压住,弹力倒是绷得十足,却无法发作出来。那窝在心底的火又熊熊燃烧起来。他想到主编那锃亮的、寸草不生的脑门,牙齿咯咯作响,恨不得将其一刀劈开,让那些黑色的脑浆流淌满地……

青青眼看着余一不吃不喝,走过来试图安慰:"一哥,旧的不去,新的不来。你就别这么死心眼了,只要青山在就好了。"

"你知道,有些事情不知道还好,知道了就真的不好过。"余一看着青青,突然有种同病相怜的感觉。不对,为什么他对青青会有这种感觉?看来真的脑子气昏了。想了一会,余一才反应过来,李定背着青青找小姐呢。看到青青单纯的眼睛,余一突然有点可怜她了。

青青见余一呆呆地对她看,以为他脑子还没有反应过来:"一哥,其实你想想,现在这样也好啊,骗人的这种事情早知道早好。书再不是马上就跟你说了嘛,如果过了一段时间你才知道,岂不是更气?"

这样也对,本来他是想要拿这些钱买些衣服啊什么的全面地装备一下自己,还想去主编那里去吹一下牛,或者让洛宛看看的。如果到那个时候再得知这个真相,就颜面尽失了。自己辛苦这么久,不就是为了脸上这张皮嘛!话说回来,李定那个事情,青青是不是早知道早好呢?李定这样,自己长久姑息,岂不是太没有人性了。

于是脑筋转了几转,不知出于什么心理——大概是酒意连同怒意混合作用的结果,余一突然脱口而出道:"喂,你知道李定有做了对不起你的事吗?"

青青一怔:"什么?"

余一突然有点后悔,但他想,既然说了,就索性说出来。"他去找过小姐。"

青青一听,释然地笑了:"我知道,是我叫他去的。"

余一目瞪口呆——老婆叫老公去找小姐,这叫什么世道啊!难道自己听错了?是在做梦?青青这也太淳朴了,为老公好,也不至于这么好啊。正准备教育一下青青,电话响了,余一接了电话,原来是偶像——慕容雪村。

"哥,什么指示。"他问。

"上线!"说完,对方就挂断了。余一心想,看来又在卧底了。赶紧上了 QQ,慕容雪村果然正在江西上饶的一个传销窝点里卧底,现在正把一个被深度洗脑的传销者解救到了南昌。慕容雪村大概有点兴奋,竟一反常态地跟余一说了很多话。他说传销者饿其体肤,空乏其身,却每日集会,唱励志歌,畅想美好明天……余一心中暗笑,他也曾被传销者骗去过,对他们那一套知之甚详。看来日新月异,沧海桑田,传销者们的传销技术却一点没有改变。在自己这么失落的时候,慕容雪村适时地过来,给了他这么一个绝好的机会,上天还真是公平的,余一兴奋之情难以自禁,就好像濒临死亡的人突然接到空中掉下来的一根救命稻草。余一颤微微地打着字:"我自认才学识都还凑合,但就是经历贫乏,慕容兄以后若有此类销魂的行动,能让我加入否?"慕容雪村当即表示:"我正有此意。我得到情报说有某个名人在用新型传媒手段搞传销,你愿意去卧底不?"余一一听,全身血液立即涌动起来:"愿意,怎么不愿意,太愿意了!"于是当即跟慕容雪村商量了卧底的办法。那人组建了一个 QQ 群,传销头目都在群内活动。慕容雪村建议余一先开个微博,成为他的粉丝,获得信任后再加入他的 QQ 群,弄清楚他在干什么,然后想办法与他本人见面,有情况再向慕容雪村通报。

余一兴奋不已,把这事跟唐醋说了。唐醋也是慕容雪村的粉丝,且比余一粉得厉害,她一提到他就满口称赞之词,甚至给他送上"当代中国巴尔扎克"的荣誉称号。这时听余一说能与她偶像联手行动,不禁有点羡慕。"真希望我能对你们有所帮助,以后也好有机会认识慕容大作家。"她说。

余一听到这话,突然心里一动:东方不亮西方亮,条条大道通罗马,关于警察局内的那个幕后黑手,自己既然不能从警察局这条渠道了解,完全可以从乞丐那一方面着手嘛!效仿慕容雪村,卧底就是了! 直入虎穴,抓住那个为虎作伥的"伥"。他把这想法跟唐醋一说,吓了她一跳:"你疯了! 你写书是个好主意,我很期待,可是这种玩命式的写法很叫人担心。你去跟书冉和徐阿姨说,她们肯定不赞同。"

"我知道她们不赞同,所以我不跟她们说。俄国有个名将叫库图佐夫,沙皇曾经问他对付拿破仑的方略,他回答说,'就算是最高统帅的枕头,也不能了解最高统帅的意图!'鉴于我不是名将,保密工作没有他做得好,所以我决定只告诉一个枕头。"

"枕头?"唐醋没反应过来。

"就是你呀!"

"呸!"

余一哈哈大笑。

"我说,你为什么这么舍生忘死地去写这本书啊?你真不怕死?"唐醋问他。

"千古艰难惟一死。我来到这个世界上,就没打算活着回去!"余一回答了后半句,前半句他没有回答,因为答案是:就算命不要了,也要写出一本对得起自己的书,用实际成绩反驳洛宛针对自己的"一事无成论"。当然,这是主要原因,次要原因还有:反击主编,实现文学梦想,展现"无冕之王"的记者的担当,等等。

于是他兴冲冲地去卧底了,按照慕容雪村的方略顺利登堂入室。结果在那个名人的 QQ 群里,他显得无比怪异,群里人都对他充满戒备,最后群主飞起一脚,将他踢了出来。与此同时,慕容雪村发短信给他,说自己情报有误,那名人是在干正经事,并非是传销。余一仰天长吁:"得,被偶像耍了。"

但他并不气馁,这次阴差阳错的卧底行动倒给他提供了实战经验,更加跃跃欲试。

他又去找唐醋探讨此事。唐醋还是劝阻的态度,甚至威胁他说,如果他不听,她就告诉书冉他们去。

余一问她:"如果你阻止不了你的好朋友上战场,那你最应该做的是什么?"

"什么?"

"教他搏杀技术!"

"就这么坚决?"唐醋问。

"就这么坚决。不成名,便成仁。"

唐醋默然与他对视几秒钟,点了点头。"好吧,我就不劝你了。"

"多谢!"

"你还记得那个从后面踹了你一脚,后来又去给你磕头道歉的骗子不?"她问余一。

"记得,问这个干吗?"

"你现在如果和他狭路相逢,还能不能认出他来?"

余一想了想,摇摇头:"那人的长相没什么特点,现在即使面对面估计也认不出来了。"

"那么,如果你和他照面他能认出你来不?"

余一又想了想,拿起镜子照了照。"太英俊了! 这是一张让女人过目不忘并且魂牵梦萦的脸,也是一张让男人羡慕嫉妒恨,必欲灭之而后快的脸。他一定能记得!"

唐醋差点将嘴里的一口水喷了出来:"你夸起自己来真是毫不留情。"

"那是,男人,就要对自己狠一点!"

唐醋实在绷不住,笑了:"我担心你的脸比较有特点,那人可能会记得你。"

余一很是惊奇:"不会这么巧吧? 怎么会遇到他?"

"乞丐是成团伙的,你要去卧底,有可能会在团伙里遇到他。这个不得不提前防备。”

余一更奇：“成团伙？那不就是武侠小说里的丐帮嘛！”

“没错，就是丐帮。只不过已经不是洪七公和黄蓉治下的行侠仗义的丐帮了。”

“你既然知道，为什么不采取行动？”

“这只是我和几个同事的推测，可是由于种种原因，不能采取行动。所以你去卧底倒也算是帮我们的忙。只是，我很担心你的安全。”

“有什么可担心的，丐帮嘛，乞丐，难道还会杀人不成？”

“难讲。”唐醋黯然说道。

余一不禁脊背一凉。

“所以你要考虑清楚。”唐醋说，“他们多行不义必自毙，迟早会被绳之以法，你何必孤身犯险？”

余一一阵惊悸过后，重回坦然：“还是那句话，不入虎穴，焉得虎子，这个就不用再劝了。不过你担心得对，我要去丐帮卧底，确实需要乔装打扮一下。这也好办，我修改一下发型，变换一下穿着，然后再朝脸上安个瘊子什么的，形象一下子就可以风云突变，自己都认不出来。至于那个瘊子，我想影视界的人使用得比较多，我有个朋友，认识个导演，我请她想想办法去。”

唐醋觉得这个主意不错，她还给余一推荐了一本李幺傻的书，叫他仔细读读，可以作为卧底指南。

几天后，余一从外面回来，徐阿姨将一个盒子交给余一，说是书冉托她转交的。余一打开，只见是一团胶泥似的东西，还附有说明书。原来是做假瘊子的材料。肯定是唐醋跟书冉泄露了。徐阿姨问这有何用途,余一想起库图佐夫的名言,便笑而不答。

道具准备就绪,余一再一次看了看那篇"丐帮卧底指南",只见李幺傻写道:你不知道会遇到什么人,也不知道会露宿何处,还不知道会不会挨打,会不会被乞丐们传染上一些可怕的疾病。乞丐们大多居无定所,食不果腹,而病菌也最容易侵染上他们,包括肝炎、肺病,甚至艾滋病等。他们的情绪也最不稳定,很多人都有各种精神疾病:暴躁、易怒、破坏欲、报复欲望、仇恨社会……看到这些,余一不禁有点"风萧萧兮易水寒,壮士一去兮不复还"之感。彼时慕容雪村去卧底,临行前写下遗书,安排好"身后事",余一还在内心发笑;此时身当其境,才体会到他的心情。

看来万事俱备,只等着行动了。他去找唐醋商讨卧底的方略。唐醋建议道:"你可以伪装成一个文学青年。"

"其实我不用伪装,我本来就是。我就如实将我的困苦和盘托出,或者加油添醋一番,说这一切都是为了圆一个出书的梦想。如何?这本是我的真实写照,所以演起来肯定有真情实感,大批不明真相的群众,肯定会上当的。"余一说。

"很不错!我若遇到这种情形,恐怕也忍不住会掏腰包。不过,你真想骗钱啊?"

余一一愣:"对啊,骗来的钱怎么办呢?"

唐醋沉吟了一下:"你就先收着吧,等事情结束了再说。不过,你这办法好是好,但有点太招摇了,我担心你还没引起乞丐们的注意,就引起了警察的注意,直接把你抓了。"

余一说:"对,我光考虑怎么对付乞丐们了,忘记警察同志也需要对付。万 他们不明真相,为了维护正义,把我给抓了,那可怎么办?

倒是有你为我作证，但我被释放后，再想回去继续卧底，可就不容易了。"

"那在开始卧底前，我和你去你卧底所在位置的派出所，先将情况说明。那里面有我的一个同学，我和他关系很好，对他可以放心托付。我们要让他知道你是在执行任务，以后不抓你，关键时还可以提供保护。"

"好主意。"

余一此时的形象，是头披长发、脸上长了两个瘊子的人。他想，为影视界生产道具的厂家真是细心周到，那盒做假瘊子的材料里，还有一些毛发，并附带有使用说明。余一为了使那瘊子更加神似，便将其中的一颗插上了两根毛。

余一拿着一个"卖身出书"的牌子，展眼一观，就认出了两个骗子乞丐，便大摇大摆地走到他们附近，将牌子朝地上一放，坐在那里看起书来。他看书是真看，这一方面是为了使骗术逼真，另一方面是为了打发时间。他记得慕容雪村说过，他在传销窝点里卧底时，最难熬的不是粗茶淡饭、食不果腹，而是几十天都见不到片纸只字，这对他这种以文字为食粮的人来说，实在是莫大的折磨。余一暗自得意，自己用这一招就可以免遭这种厄运。

身旁的"广告牌"上，除了"卖身出书"四个大字外，下面还有一段话，写的是："在下姓子，名虚乌有。家徒四壁，一文不名，飘零京师数载矣。忍辱不死，只为胸怀文学梦。笔耕三年，得书一部，惜乎无人赏识，出版维艰。非我笔下无文，实乃书界眼光低劣，弃明珠于瓦砾，认美玉作顽石。万般无奈，只得走自费出版一途。然而穷困潦倒，囊空如洗，仰首浩叹，按剑生悲：悠悠苍天，此何人哉！在下身无长物，唯有一副臭皮囊，可供劈柴生火、擦桌扫地之用，在此待价而沽。若有心买下，请私聊价格，若无心购求，请大发善心，不看僧面看佛面，为文学，为道义，慷慨解囊，雪中送炭，使这部命运多舛之作，早日付梓，不至湮没无闻。"

这篇文字半文半白，夹生夹熟，不伦不类，怪腔怪调，然而充满真情实感，包含了他几年来辗转漂泊的艰辛，所以当初写出来时差点搞得自己潸然泪下。众人早被"卖身出书"这样奇怪的字眼所吸引，纷纷聚拢而来，指指点点，表情各异。有的看不懂，脸色茫然；有的看懂了，掩口葫芦；看懂的给看不懂的翻译一下，引起阵阵大笑……余一埋头看书，一概不理。突然手机响了，他掏出接听，却见面前观众中有一人将手机放在耳边，眼睛瞧着自己，脸现忸怩，说："是我。"然后那人挂掉电话，指着广告牌上的手机号码说："没错，电话能打通。"众人释然地"噢"了一声。接着有人去拿余一身边的书稿看，这是余一在临行前打印的一份《忍冬藤》，虽然还没完稿，但已经积累了厚厚一摞，足可做道具之用。众人传观一通，有人说："不错，有趣有趣。"有人问余一："这书真是你写的？"余一知道如果一一解答会不胜其烦，因为这样的问题会反复出现。他便干脆来个不理不睬，置若罔闻。那个人碰了个哑巴钉子，倒也不恼，反倒觉得这事的可信度增加了几分——作家嘛，都是有几分古怪的。

接着，来了位老先生，满头银发，精神矍铄，背着一个包，像是从外地来京的游客。他拿起几张书稿细细阅读了一遍，问余一："小伙子，你在书中说，南宋缺相，北宋缺将。敢问，北宋为何缺将呢？"余一心想，敢情这是考起学问来了。便放下书，说："钱穆在《中国历代政治得失》中已有确论：这是制度的原因。北宋承五代乱世而来，为防军阀滋生武人跋扈,故而在制度设计上千方百计地降低武人的地位。不合理的戍守制度使军队年年在动员,岁岁在调动,将不习兵,兵不识将,一旦边境有事,叫将领如何立功呢?因此北宋只有一个狄青,行伍出身,受士卒爱戴,所以能荡平南国叛乱——不过勋业也仅此而已。"

众人中有一个路人说道:"不会是从你手里的书上读来的吧?"

余一把手中书的封面扬了扬,原来是一本《脂砚斋全评石头记》,跟钱穆的书风马牛不相及的。

"小伙子,你学识挺渊博呀。"那老者接了一句,"你喜欢看《红楼梦》,对里面的诗词可熟悉?"

余一说:"还行。"

老者说:"那我说出其中的上一句,你能对出下一句?"

余一说:"试试吧。"

老者把余一的书拿过来,翻一阵子,说:"沁梅香可嚼。"

余一对道:"淋竹醉堪调。"

老者又说:"寒塘渡鹤影。"

余一答:"冷月葬花魂。"

至此,老者已全无怀疑,他点点头,说:"小伙子,你当乞丐太浪费了。"

众人心中的窗户纸终于被捅破。老者的话音刚落,只听呼啦一声,钞票稀稀拉拉地落进了余一面前的纸盒里。这情况叫那老者都始料未及。等众人散尽、下一拨还未到来之际,他将一张名片放进了余一的盒子里,说:"小伙子,你记着我的联系方式,到时候咱们再联系吧。"余一赶紧拿起来,只见名片上写着:文天图书有限公司,总编,杨文。心里一激灵，无论是文天还是总编杨文他都有所耳闻，看来今天得遇贵人，作品出版有望了。

不过毫无疑问的是，杨总出现得不是时候，他有长者之风，热心助人，但如果在此时此刻谈论出版事宜，却会坏了余一的大事。

所以余一将名片装起，并未显露出兴奋或感激之色，只是"嗯"了一声，表情淡淡的。杨总见状，也便没有攀谈，转身离去。

一天下来，余一迎来送往，书稿被传观 N 次，想不到收入相当地丰厚。虽然大部分人都只是看热闹，但还是有几个人理解作家生存的艰难，赏识余一的才气和勇气，鼓励余一坚持下去，出手就是一两百块。所以当天挨黑他收拾起摊子时，身旁的两个乞丐都看着他，脸上充满嫉妒，甚至有些悻悻之色。

余一走到一个无人处，"卸了妆"，乘地铁返回蛋居内。

接下来的几天，余一继续"卖身"，收入仍然很可观。余一甚至开始习惯这样坐以待"币"的生活。第三天傍晚，寒风将夕阳吹落树梢，余一低头看书，字已渐渐模糊。眼前的地面上前来观望的鞋子已慢慢减少，最终至于无了。余一准备起身收拾东西，眼前却蓦然出现了一双鞋子。那是一双不怀好意的鞋子，米黄色，鞋头钝厚，右脚的鞋底与地面时开时合，分明是鞋主人在微微地颠脚。余一顺着鞋子往上看，看到一张长着络腮胡子的脸。他年纪不过三十左右，身材魁梧，两只眼睛透着凌厉的凶狠之色。身后还站着个青年，一脸阴沉。而那两个做了两天"邻居"的乞丐，此时正站在余一的身后，四个人两前两后，对余一形成包围之势。

"来了。"余一心想。

络腮胡子居高临下地瞅着余一，见他慢慢站起来了，便招招手，说:"过来,聊两句。"

四个人几乎是将他押到了僻静处,余一被挤到了一个桥墩旁,要用手抓着一个石狮子的头才能保持身体平衡。

"老子注意你两天了!还以为你是来'挂单',赚一票就滚蛋。你他娘的还没完没了了!你懂不懂规矩?在这讨钱,跟谁打招呼了?"

余一想,这就是传说中的"地盘"了,像当年风靡一时的香港警匪片里演的那样,在谁的地盘上挣钱,就得给谁交保护费。

余一赶紧掏出烟,佝偻着身子给四个人每人一根,点上,向络腮胡子赔笑道:"懂懂懂,规矩我懂。在这恭候两天了,您没出面,我也不知道到哪里去拜访您。那个,兄弟我走南闯北四处漂泊,现在到了北京这块风水宝地,可不想再挪了。大哥您看兄弟可怜,就赏一口饭吃吧。以后怎么分您说了算。来,咱先把今天的这点赚头给分了,都在这里,一分不少。"

余一把盒子里的钱全倒给了他。

络腮胡子斜着眼,吐出一大口烟雾,略显满意。但他点了点数额,又有点不满意了,阴阳怪气地问:"就这么点?跟老子打马虎眼吧你?三天不止这个数吧?"

余一赶紧解释:"不敢不敢不敢!确实不止这么多。可前两天挣的那些钱……老实说,我也没想到能挣那么多,一高兴,就咬牙去找了个漂亮点的姑娘……"

这个解释合情合理,络腮胡子"哧"地一笑,那个面色阴沉的青年和那两个乞丐也对视一眼,快活地笑起来。看来他们对这种事很能理解。

"嗯,那你是个什么意思,什么打算?跟着我干还是怎么着?"络腮胡子问。

"大哥您说了算,您若看着兄弟碍眼,就叫兄弟单打独斗,赚了钱跟您分。要是不嫌弃,叫兄弟跟您混饭吃也行。"

络腮胡子又抽了几口烟,跟另外三人交换了一个眼神,然后把烟一扔,说:"你先'挂单'吧,老子观察你一段时间,行的话就跟我混。"

这话正中余一下怀,先跟他们保持着若即若离的关系,既降低了暴露的风险,又能在一定程度上观察他们,为进一步深入积累经验。这样循序渐进地进行是干事情的科学步骤。

接着,跟他们分了钱,其实余一并没有分到什么,他只是象征性地拿了两块钱作为乘地铁的路费,其余的都给他们了。这份"诚意",让络腮胡子挺满意。

余一"卸妆"回家,感觉很有点兴奋。但他努力控制住了向徐阿姨和李定他们倾吐的冲动,因为他知道徐阿姨会劝阻自己,她对自己很关心,关心有时是一件叫人心烦的东西。推而广之,也不能让书冉知道,因为她一知道,徐阿姨必然就会知道。书冉是个直肠子,心里窝不住事,叫她保守秘密等于是折磨她。

于是,他一边"挂单",一边开始了《神都闻见录》里最重要的一篇文章的写作,命名为《满城乞丐》。他觉得自己有点急于求成,他已经想好了,这种文章,能在卧底结束后采用马尔克斯的经典开头才会最为给力:"许多年后,余一想起最初的那个决定……"然而谁知道自己能否将卧底进行到底呢?谁知道中间会不会发生意外呢?他想起一个研究毒蛇的专家,不小心被毒蛇咬了一口,他知道这种蛇毒剧烈无比,时间已经不够他奔跑到医院,于是决定静静等死,并在等死的过程中详细记载下蛇毒发作的症状和感觉。如果自己最终殒身于丐帮之中，却没有这个专家幸运，蛇毒发作还有一定的时间，说不定他自己还没反应过来，就已经从这个世界消失了。所以不能等待办完事后再写回忆录，要"君子见机而作，不俟终日"，要听从伟大领袖的号召：一万年太久，只争朝夕。

但他打死也想不到自己最后写出的将是一个匪夷所思的故事。

他从此兢兢业业地"干活"，获得的收入老老实实上缴，这种忠心耿耿的态度逐渐获得了络腮胡子的信任。有一天晚上，余一"下班"收工，络腮胡子对他说："跟我来。"

几个人默不作声地朝前走，余一不知要去什么地方，但也不敢多问。不多久，到了一个废弃的宅院中。他一进大门，就恍若置身于《巴黎圣母院》中描写的乞丐王国。其中有一个人没有双腿，用两只手走路，像是一只只剩下前肢的蜘蛛；另一人的双脚似乎长错了地方，给吊在了脖颈上。不知造物主为何盯住了这两人，定要跟他们的双腿过不去。有一个人的脸半边完好无损，另一半却长了一个巨大的肉袋子，让人看一眼就心惊胆战。还有一个人身体前倾，上半身与下半身成九十度角，永远直立不起来……种种奇形怪状，不一而足。余一想到了作家阎连科写的《受活》，莫非这些人都是来自那个世世代代全是残疾人的村庄不成？置身于这些人当中，余一感觉头皮直发麻。

这时，跟着一起来的那两个乞丐搜余一的身，掏出一部手机，一些零钱，还有一盒烟。他们把烟瓜分了，零钱和手机则由络腮胡子没收。那张杨文的名片他不感兴趣，看了一眼就还给了余一。

"我们不准使用手机。"他解释了没收手机的原因，但想了一会，又把手机还给了他，"你暂时不是这里的人，先用着吧。"

接着他开始盘问余一，余一早有准备，所以应对自如。他说自己初中毕业后，因为家里穷，没法上高中，只有辍学出来混社会。"其实以我的成绩，考上我们县重点高中是没有问题的。"余一遗憾地说，"我还是非常想上学，每到一个地方总是喜欢在学校附近混，一开始混高中，后来混大学。在重庆的西南政法大学里混了好久。大学里的老师跟小学初中不一样，他们不管学生，他讲他的，学生听学生的，不爱听可以不去，也可以换个老师听。所以老师给学生上了一年课却常常认不出几个学生来。这样，我可以随便去听课，想听谁的听谁的，想听多久听多久。"

余一越说越得意："我听的课越来越多，越来越像个大学生。那会儿还有个常一起听课的女大学生对我有意思呢，可是我不敢，没下手。"

最后一段把乞丐们听得眼睛直发亮："乖乖，你还敢泡女大学生呢！"

"没敢泡呀！"余一遗憾地说，"后来我认的字越来越多，就开始写书。我一边写，一边'卖身出书'，一个城市一个城市地转悠，这就到北京了。还是北京人重视文化呀，一下子就给了那么多钱，啧啧，要知道我早来北京混了。"

一段谎言编得跌宕起伏，还穿插着略带香艳的女大学生的故事，把乞丐们全吸引过来了。

"你在重庆呆了很久？"络腮胡子问。

余一算了算："三年多吧。"

"重庆我知道，在四川。"络腮胡子说。余一也懒得纠正他的错误。

络腮胡子便喊过一个乞丐来，叫他对余一说几句四川话，幸好四川话比较简单，余一全部能听懂，还算安全过关。

"这牌子上的，还有这些纸上的字，全是你写的？"络腮胡子又问。

"是呀。"

他们趴在牌子上认半天，叫道："写的什么字，一句都看不懂！"

络腮胡子也探头去看了看，看完，脸上的狠戾之色缓和了些许，眼神中还隐隐透露出一点佩服的意味。

"你晚上睡这里。"他给余一指了个地方，然后起身离去。

"啧啧。"有不少乞丐发出羡慕的声音。

余一知道丐帮里等级分明，像武侠小说写的那样，帮主下面有"长老"，有分舵舵主，有一、二、三袋弟子，袋越少地位越高。这些尊卑关系以入帮时间先后来确定，余一初来乍到，本应是个一百袋弟子，却在铺位上享受了一袋弟子的待遇：在屋子最靠里的位置，可以免受寒风侵袭。

"有文化就是好呀！"有人以半羡慕半不满的口吻说道。

但余一在里面躺了一会儿，还是决定放弃享受这项待遇，因为他睡在最里面，被乞丐们集体散发出的气味熏得头昏脑涨，肚子直发疼，根本睡不着觉。他最终还是换到门边睡，让鼻孔对着门缝。寒风很快把他的脸冻得生疼，可也吹拂了那令人作呕的臭气。他就这样艰难地熬过了一夜。

第二天，络腮胡子安排余一去"上班"。工作内容变了，不能再拿本书坐在那里"卖身出书"。络腮胡子说，每个人精通一项业务固然重要，但也不能在一棵树上吊死，艺多不压身，多掌握几门"手艺"是必要的。他叫余一去尝试另一项业务：乞讨医药费。他要跪在路边，面前放一块牌子，上写："亲人重病，跪求帮助。"牌子边有个破盒子，盒子里放些零钱作为"钓饵"。身边铺一张席子，躺着一个人，身上盖着厚厚的被子，那就是他"病重"的"亲人"。"亲人"的头脸都蒙在被子里，谁都看不见，实际上他是个乞丐，在被子里睡大觉。有时候他能发出舒服的鼾声来，余一需要把他捅醒。这种业务模式很容易出"业绩"，但也着实辛苦。余一跪一会膝盖就疼痛难忍，在无人时禁不住发出"哎哟"之声。这时候，被子里的"亲人"就安慰他："时间长了适应了就好了。"他还警告余一，如果是他在跪，膝盖再疼也不敢喊疼，更不敢站起来，因为附近有打手在盯着他，他不"敬业"，晚上回去就要挨罚。

到了中午，路上行人稀少时，"亲人"就从被子里钻出来，两人以极快的速度收摊子走人。中饭后，再去另一个街区，余一躺在被子里"病重"，"亲人"开始为他乞讨。

他们乞讨到的钱要全数上交给络腮胡子，不能有丝毫保留。每天的生活费按照一定标准配给，不能从乞讨到的钱里自行花费。有一次，有个小乞丐实在忍馋不禁，悄悄地用"业绩"买了串冰糖葫芦，晚上回来就遭到一顿毒打。"纪律是铁打的，谁都不准破坏。"络腮胡子说。这句话叫余一想起了电影《天下无贼》里的黎叔，黎叔曾教训自己手下的扒手，说他们"有组织无纪律"，络腮胡子的话和他的真有异曲同工之妙。

络腮胡子用自己的凶狠和残忍建立了权威，乞丐们在他面前就像羊羔遇见了狼。余一在史书里经常见到"蛇行匍匐，莫敢仰视"的句子，常常感到不可思议——能怕到这个地步？但现在他相信了。

和他合作上班的"亲人"告诉他,这群乞丐中,那个将双腿挂在脖子上的,双腿本是完好无损的,就因为某次触怒了络腮胡子才被打成了那个样子。"亲人"还告诉他,曾经听大家私下里传说络腮胡子弄死过人。"但弄死也就弄死了,像我们这样的人,无名无姓,无人理睬,死了还是活着,有谁会注意呢?""亲人"用这句感慨结束了他的讲述。

这个一直被余一鄙夷不屑的人,第一次引起了余一的怜悯。他突然意识到,他们也是人,有着同样的血液循环系统,有着同样的大脑构造,有着同样的生命,有着同样的人格。可是,他们的生命怎么就这么卑微呢?

但是余一对络腮胡子并不惧怕,这大概是因为络腮胡子很少在他面前作威作福,他们的关系一直是和平相处、井河不犯的。后来余一得知,络腮胡子当过兵,当时,他如果稍微有点文化就可以提干,而当军官是他平生最大的梦想。可惜他一见书就打瞌睡,死活看不进一个字。最终只能在军营里练就一身腱子肉,退伍后用来欺负屠弱的乞丐们。对于余一这种看起书来连饭都忘记吃的人,他由衷地羡慕并且佩服。他有时甚至会悄悄地为余一感到可惜,他觉得余一至少可以去做个中学教师。

所谓上行下效,络腮胡子对余一高看一眼,乞丐们自然更不敢怠慢。事实上,乞丐们对余一的好感也不仅仅是因络腮胡子而生的。因为余一有文化,能将一股清新的风吹进他们混沌的世界。他给乞丐们讲古今中外的名著故事,讲于连去钻贵夫人的窗户,讲《史记》里嫪毐的可以"关桐轮而进"的家伙事,讲《金瓶梅》里诸般让人一知半解的法器。但他们最喜欢听的还是余一随身那本《石头记》里的这一段:"谁知这媳妇有天生的奇趣,一经男子挨身,便觉遍身筋骨瘫软,使男子如卧绵上。更兼淫态浪言,压倒娼妓。诸男子至此,岂有惜命者哉。那贾琏恨不得连身化在他身上……"反复朗诵千百遍,百听不厌。每次只有读到"贾琏一面大动,一面喘吁吁答道:'你就是娘娘!我那里管什么娘娘!'"众人快活地骂一句脏话,像鸦片烟般狠抽了最后一口,才算是过了瘾。

每当读这一段,络腮胡子也会来旁静静倾听。

余一就这样做起了"兼职乞丐",用帮内的黑话说,叫做"挂单"。他有时会着急:这样半个月才能来卧底一两天,连正式的帮众都不算,何时才能见到帮主呢?几次向络腮胡子暗示,希望能正式入伙,可络腮胡子总是不予理睬。他似乎铁了心地想把余一锻炼成久经考验的不劳而获主义战士。见他这样,余一想:心急吃不了热豆腐,就按照他的意思循序渐进吧。

没有去兼职乞丐的时候,余一还是得忙一些正常的业务。受李定夫妇之托,他还得去找那只"会下蛋的公鸡"——梅翔。坐在公交车上,他不禁泛起愁来:自己的一个蛋,从梅翔那里到自己手中,正义之士们一直虎视眈眈,从未放弃过将它打碎的企图。到如今它还能安然无恙,实在已经是莫大的奇迹。徐阿姨纵然能"卵翼"一时,但她的力量毕竟只能及于小区物业公司,要出了事岂不是害了李定他们俩?

车子突然一阵颠簸,打断了他的思绪。朝窗外一看,原来公交车正在爬坡,司机加大了马力,发动机声响陡然增大,却行走缓慢。身边正有一辆车下坡,轻快写意,不费什么力气。余一心中一动,想到了一句话:上坡路和下坡路是同一条路。陡然灵机发动,决定换"上坡"为"下坡"。既然蛋形蜗居这么难保,为何还要去苦苦地保全? 就让正义之士们来砸蛋好了,自己当初不就是想捕捉到他们砸蛋的一幕吗? 等到自己大作出炉,他们不来砸,自己还可以故意"惹是生非",招惹他们来砸呢。到时候提前通知媒体朋友,叫他们在小区居民楼内埋伏,可以将正义之士们的行径一览无余。再让他们的报道与"贫穷作家"挂钩,然后牵出那红"卖身三年资助男友写作"之事,吼吼,那时自己可就"天上一轮才捧出,人间万姓仰头看"了! 现在自己以"自残"的方式来吸引眼球,乃是出奇制胜之道。遥想当年,越王勾践与吴王阖闾作战,冲不开吴国战阵,于是让三百罪人出列,全部赤裸上身,将剑放在自己的颈下,走向吴阵,纷纷自刎。吴军从未见过这等情况,正在惊异不定,勾践突然袭击,大获全胜。自己用蛋"自残",岂不暗合勾践的用兵之法? 但勾践若不是用三百人,而是用一个人去自刎,肯定达不到理想的效果。同理,自己用一个蛋"以卵击石",肯定没有两个蛋、甚至更多的蛋来得惨烈。所以"蛋多力量大",李定的这个蛋,将来就做覆巢之卵吧。当初自己"收编"他,就是想有朝一日能为自己的成名之事出力,现在正好用上了……

梅翔仍然在住免费的"鬼屋"。提到房子,他立即发了一大通牢骚。余一等他牢骚完毕,才开解道:"这都是命啊! 其实我们的命还算不错的,既没有成为官二代的轮下之鬼,也没有成为富二代的轮下之鬼,总之,没有成为'在轮下'的任何一鬼,还有可能咸鱼翻身,成为富一代,或者官一代,应该充满感恩才是。"

"有道理。"梅翔心悦诚服,"为我们能够继续吃饭和拉屎,干杯!"

他得知余一的蛋至今完好无损,十分佩服和羡慕。

余一洋洋得意起来:"如今情况更好了。打了许久的运动战,终于开辟出一小片根据地,可以不用疲于奔命了。星星之火,可以燎原。所以现在更准备扩大规模,找你老兄来再造一个蛋。所谓一生二,二生三,三生万物,说不定这蛋生鸡鸡生蛋,天下寒士尽欢颜了。"

"啧啧,老兄真是个人物!弟义不容辞。"梅翔跟余一聊了一阵,也不禁开始用文人腔说话了。

两人说干就干,余一按照梅翔的指示四处购买材料。梅翔有过"生蛋"的经验,驾轻就熟,将蛋内的布局设计得更加合理,材料更加节省,造出的蛋比余一的那个还大,但是更轻便,花费却并不高出许多。其中最使人拍案叫绝之处在于:在蛋内的弹丸之地,他竟然巧妙地设计出一套厨房系统!锅台碗柜,各尽其妙,麻雀虽小五脏俱全,令人叹为观止。李定对梅翔的手艺十分佩服,整个过程中一直颇有兴致地给梅翔打下手,不时请教探讨,还要了他的手机号。他说自己是建筑工,梅翔是建筑设计,说不定以后会有合作的机会。

"生蛋"的时机也选得好:周末晚饭时分。那时小区居民都在吃饭,纵使没在吃饭,外面寒风凛凛,也不会有人出来逛公园。整个过程是"悄悄地生蛋,打鸣的不要",确保不惹人注意。只是劳累了梅翔。李定要给工钱他也不收,说这是一次纯粹的行为艺术,有自我实现的快感,比工钱值多了。最终请他喝了一顿酒,大乐而归。

李定夫妇由于钱有余裕,叫梅翔安装了一个太阳能,蓄电池也买了个大号的。"一哥,以后我们的热水可以分给你用,蓄电池也可以一起去工地充,你不用再四处过夜了。"李定对余一说。徐阿姨将他们工地上使用的小板车借给他用,每天将两个蓄电池拉去充电,十分方便。"在外面吃饭很贵很不划算,而且吃不饱。以后我们一起做饭,就不用再每顿下馆子了。"青青说。

余一看着青青，不禁觉得李定简直是前世修来的福，能够有如此体贴和大度的老婆，一想到青青竟然让李定去找小姐，就不禁感叹，真是奇女子啊。

如此一来，余一的食和宿的问题被一下打包解决，更想加紧完成《神都闻见录》。李定问他："一哥，我瞧我们工地上有不少人都看《鬼吹灯》、《盗墓笔记》什么的，都说好看。还有一个人，叫什么来着？忘了。但都喊他'四娘'，不知是男是女。听他们说，这些人都是靠写这些书成了百万富翁。乖乖，写书也能写成大富翁。我瞧你天天写，你咋不写那样的呢？"

余一最爱与人探讨这样的问题，但瞧瞧李定，又不免生出"举世无谈者"的感慨。跟一个初中刚毕业的人谈什么文学呢？他只有叹了口气说："我为什么不写那样的书？唉，习惯了阳春白雪，难以俯就下里巴人。"

眼瞧着李定显出茫然的神色，余一说："我给你找些文章对比一下，就知道什么是阳春白雪，什么是下里巴人了。"他便在一个网站上找到了一个很火的帖子——《我与小舅妈、美女同事的暧昧情事》。据说有 N 个出版公司在抢夺他这本书的出版权，还有 N 个影视公司在抢影视改编权，受欢迎程度让余一眼热不已。他复制了这本书的开头给李定看——这是一个很有颜色的开头，男主人公一出场就在抚摸女同事的大腿，然后去和小舅妈胡搞瞎搞……

李定像饥饿的人趴在面包上，目不转睛地看完了这段文字，问余一："还有吗？"余一暗自叹息，说："还有，不过和上面这一段不一样。"

他找出自己写的一段话，李定看完，茫然不解："这写的是什么？"

"这就是阳春白雪，你能看懂的那一段是下里巴人。"

李定不懂什么是白雪什么是巴人，直言不讳地说："我喜欢看下里巴人。"

一句话差点把余一噎死，他浩然长叹，说："这就是他们成了百万富翁而我还住着一颗穷光蛋的原因！你喜欢看，就把电脑抱去吧，晚上看个够。"

那时已经是晚上十点左右，李定将电脑抱走后，余一无所事事，看了两页书便沉沉入睡。好梦正酣时，突然听到一声女人的尖叫。这声尖叫好厉害，就像许巍的歌里唱得那样，"只因那利刃般的女人，她穿过我的心"。余一的心脏被刺得一阵收缩，接着便是剧烈的跳动。他忽然想起青青说过半夜三更时她听到了女人的喊叫，登时浑身一激灵，也不暇穿衣戴帽，掀开被子就蹿出门外。

月明星稀，乌鹊……是没有的，世界安静得如同凝固了一般。陡然从温室钻入冰窟里，余一牙齿与身体齐抖，语声与舌尖共颤。他"砰砰砰"地敲打李定的门，问："你们听到了没？"两个人却没有反应，半晌，才听李定含含糊糊地说："什么？没、没有听到。"余一说："女人的叫声啊，没听到？青青听到了没？"青青也含含糊糊地说："没听到。"余一诧异极了，难道是自己的梦？但蛋外寒夜确乎不是发呆之地，他箭一般窜回屋内，裹上被子，抖了半天才缓过来。

那是谁叫的？他带着这个疑问进入梦乡。

第二天吃早饭时，他问他们："声音那么大，你们真没听到？我都被吵醒了。"只见他俩对视一眼，脸上都显出忸怩的神色。李定说了句："没听到。"便低头吃饭，不敢与余一目光相接。——这两人最不擅长撒谎，一看表情就知道他们在撒谎。但奇怪的是，听到为听到，没听到为没听到，为什么要撒谎呢？脑筋转了十八弯，恍然大悟，不禁"哈哈"地笑出声来。青青皮肤白皙,最容易着色。余一这一笑,她的脸上登时涂了一层绯红的胭脂。

第二天晚上,余一悄悄问李定:"昨晚爽了吧?从实招来,那叫声是不是青青发出的?"李定"嘿嘿"两声,把脸别过了一边,没有回答。余一心下了然,捣了李定一拳:"你小子行啊,哈哈哈……"李定更加不好意思,起身就要回去。但又没有走,逡巡不定,似乎有话想说,又不好意思说。余一问:"什么事?"李定说:"那个……那个……"那个半天,还是没那个出什么。余一急了:"哪个?有话直说,磨磨唧唧的是不是大老爷们啊?"李定终于鼓起勇气:"那个,你能再找一篇昨晚那样的'下里巴人'看吗?"

余一一愣,随即仰天大笑——怪不得这小子突然雄风大振,原来是吃了这精神伟哥啊。"好好好,此事我十分乐意效劳。"他笑着去网站上找到几本这样的书,然后把电脑给了李定。

夜里,又是一声销魂的尖叫,余一一跃而起,但立即想到什么,又慢慢地躺了下去。不知不觉间,身体某处也发生了变化……

他再难入睡,想象着李定正和青青"行那警幻所训之事",突然想到了洛宛。她白皙的皮肤,丰腴的身材,那些激情澎湃的绞缠,那些情意绵绵的誓言……恍若一梦。他想,她现在该被别人抱在怀里,躺在暖和的鸭绒被里吧?自己这寒酸的小庙确实容不下这尊女神。当年她对自己多么有信心啊,相信自己,鼓励自己,但自己这个扶不起的阿斗终究是叫她失望了。如今已是奔三的年龄,仍然前途茫茫一事无成,此生此世,还会有女孩前来,用她双腿间的温暖将自己相同部位的"百炼钢"化为"绕指柔"吗?想到伤心处,陡然鼻尖发酸,差点飚出眼泪来。他赶忙使出乾坤大挪移绝技,掺杂着阿 Q 精神胜利法，让情绪恢复平静。结果在重新入睡之际，朦朦胧胧之中，他鬼使神差地想出这样一句话：犹如男人在酒桌上的酒话不可相信，女人在床上的誓言更不可当真……

第三晚，李定又来借用电脑，他已经学会了自己上网找文章。余一想，这样下去不行：第一，自己主要在夜晚写作，工欲善其事，必先利其器，现在李定一再地拿走自己的"器"，没法善其事；第二，一旦将电脑借给他用，就知道他们今夜必有男女之事，难免胡思乱想，青青又不加克制，总是尽情叫喊，这会严重影响自己的睡眠和心态；第三，李定是来北京治病的，从种种迹象推测，其病就在"根子"上，自己供应这精神伟哥，说不定会与医理相悖，从而更加重他的病情，如果这样，岂不是害了他？所以思忖再三，他决定找李定谈一下。

谈话仍是从"下里巴人"开始。余一说，其实文学界也和别的领域一样，上有所好下必甚焉，"下里巴人"的这种写法和风气，其实是从"阳春白雪"那里滥觞的。李定不信，说，我看你写的那段"白雪"里面什么都没有嘛。余一说，这就是"无中生有"，很巧妙的手段。有人玩到极点，还故意将那些描写删除，引发你无尽的想象。他便找出那本有无数"□□□"版的《废都》，指出一段给李定看。结果在意料之中，李定眼睛都直了。"先别看。"余一将书夺了过来，"晚上会借给你看，现在先说别的事。这本《废都》里有一个作家叫庄之蝶，他跟老婆干那事总是不行，但遇到某种刺激就又能行了。这让他想到某个心理学上的案例。说是有个男人，每次和他老婆行房事之前总要找一些昆虫，叫他老婆一一踩死，他才能一柱擎天生猛无比，若不走这道程序，他就会垂头丧气疲软无力。后来他老婆难以忍受，就强拉他去找心理医生。在医生的诱导下，他终于说出了这个怪异举动的原因：

在他青春期萌动的年华,某次出去春游,无意间看到某个漂亮姑娘踩到了一个昆虫,滑倒在地,裙子下露出修长的美腿,还有诱人的内裤。那一幕深深印在他脑海里,多年来难以抹去。他只有让老婆一再扮演那姑娘,重现那一幕,才能进入亢奋的状态。医生了解到这一点,采取对症的治疗手段,终于使他不用借助昆虫也能得享鱼水之欢。"

"这就是心理治疗的魅力。"余一说,"你来北京治病,是不是有相似的问题呢?"

李定起先还怔怔地听着,后来余一话锋一转扯到了自己身上,始料未及,神色就有点错愕。

"没事,咱哥俩不是外人,我不是有偷窥癖想打探你的隐私。主要是,现在咱们基本安定了下来,你来北京的主要目的也该开始有所行动了。"

在余一的谆谆善诱下,李定慢慢地不再难为情,终于开诚布公地告知了一切。

原来在李定的观念里,"那种事"总是一件羞耻之事。他是个实诚孩子,与现在社会上大多数心口不一的孩子不太一样。后者大谈锻炼身体重要,但就是从不锻炼,只会一门心思地读书考试;大谈友谊美好,但就是明争暗斗,只有竞争对手,从无知交好友;大谈拜金主义不对,但心里都抱着个挣大钱的梦想;大谈早恋不对,但都想偷偷摸摸地吃禁果……他们的行为模式有两套,一个是表,一个是里。表是用来自欺欺人的,里才是真正起作用的潜规则。李定只接受了"表",没有领会"里"。他看到路上有两只狗在交媾,一群孩子笑嘻嘻地用石头打砸,便以为这件事应该被否定,而没想到人们并不否定这件事,只是否定在大庭广众之下做而已。

这种莫名其妙的羞耻感导致他没有足够的底气强硬地耸立。青青强拉他去看那些在厕所里打广告的黑门诊,被骗了不少钱,却丝毫不见起色,无奈之下,只好发狠来北京治。

余一从他错综复杂的叙述里提纲挈领出前因后果,不禁暗自感叹世界真是无奇不有。

"对了,你那晚去找那红干什么?"余一突然想了起来。

"啊?这个,这个……"

"你快说啊,我第二天还问了那红。她说你的行为很古怪……"

李定脸上一红:"其实是我和青青商量过的。那时我看你白天跟民工们说那事,后来又带我见那红,就以为你是拉皮条的。跟青青一说,她说我和她搞总是不行,不如去试试别的女人,看看行不行……"

余一啼笑皆非——原来事情是这样的,两人没有办法了,竟然会出此下策。没文化害死人啊,余一不禁感叹。

"你吃过药没有?"余一问他。

"吃过,老家的那些医生给的,吃一点好一点,不吃就不行。"

余一想,那些人给他吃的一定是春药。

"你看了我给你找的文章,效果跟吃那些药一样?"余一又问。

"比那些药还管用。"李定的语气略带兴奋。

余一也很兴奋,心想这些作者倒是有些功德,起码对万千读者有"助性"的作用。便想,干脆,我给李定来点"猛药"。

于是他登录了一个色情网站,下载了几篇带色的文章,去打印店打出来,晚上交给李定。"保证你金枪不倒,神勇无比。"他一脸坏笑地对李定说。

之后他刻意晚睡些,好等待那一声销魂的尖叫。然而,直到凌晨一点，还没有声响，若按照平时的十点左右开始算，纵然李定有金刚不坏之身，也不可能"运动"这么久，但那声尖叫始终没有响起。

余一怀着某种失望的心情进入梦乡。

难道，青青开始控制自己的声音了？又难道那些"猛药"没有起作用？余一满肚子疑问。后来还是李定给他解开了谜底："一哥，这些文章不行。"他一脸沮丧地说。

"怎么可能？"余一差点蹦起来，"跟之前的相比，这文章刺激多了啊！"

"那些文章都是乱七八糟的人写的，他们又不是'作者'。'作者'就跟老师一样，说什么都是对的，我爱看'作者'写的。"

余一恍然大悟：原来解铃还须系铃人。当初是那些老师告诉李定"色情"是不对的，现在还需"作者"们诲淫诲盗，帮他解开心结。

但无论如何，需要文学作品助兴才能行周公之礼，还是一种病，需要看医生。余一想，这回一定要让他去大医院看正规的医生，不能相信那些小广告。但在就医之前，也不妨叫作家们继续对他诲淫诲盗试试。

他终于把《废都》借给了李定。

尖叫声重新响起。

这种情况叫余一很是纠结：刚开始知道李定有功能障碍时，余一很同情他，希望他能恢复健康，可一旦他成了"威猛先生"，享尽性福，自己就被夜夜吵醒，饱受折磨。他想跟李定说说，但又担心给他增加了心理负担，从此"一蹶不振"，岂不是罪不可恕？想来，最合适的做法是去跟青青说，然而，这如何能开得了口？他便把这个烦恼告诉了书冉。彼时书冉正在他电脑前看他以前写的一段文字，笑得前仰后合。听余一这样说，就笑道："这个好办，你把你这段话打印出来拿给青青看，一切问题就迎刃而解了。"说完，写好一段话发过来：

当时有一对男女朋友住在我们头顶上，每到半夜，我们常常被他们制造出来的某种有规律的声音吵醒。刚开始我们能够理解，后来就愤怒，你们开心快乐是天赋人权，我们睡觉休息也是天赋人权，你们不能老用自己的权利来侵犯我们的权利啊。况且有必要弄出那么大的动静吗？唯恐天下人不知道你们在干违法乱纪的事似的！如花就找来一根铁棍，每到动静巨大，他就使劲捅天花板。而且有规律，上面扑扑，他就咚咚；上面扑扑扑，他就咚咚咚；上面扑扑扑扑……他就咚咚咚咚……最初是有点效果的，后来上面就不管不顾，省略号无边无际，如花越捅，他们越起劲，搞得如花好像在给他们擂鼓助兴。最后如花终于自叹弗如，他只是举着铁棍捅天花板，尚且累得胳膊发酸，那哥们的体力……

只好去找房东，请求出于人道主义考虑，尊重一下我们的休息权。这才好了一些。

余一看罢，乐不可支，连说："妙极！"

结果当晚，那"每夜一叫"终于偃旗息鼓，只是再与青青见面时，她目光闪烁，颇不好意思。她与余一本就有些心病——那晚她将美臀暴露给余一，这一页还没完全翻过去，如今又增加了这一节，更加不自然起来。

不管如何，这个问题总算得到了比较妥善的解决。当然最妥善的解决办法是叫李定去正规医院，找专科医生彻底治好他的病。但他们的钱差不多已被折腾完,按现在的医院消费价格,要攒个大约二百八十多年才能考虑此事。于是,余一便定时把自己的段子给李定看,继续这个治标不治本的方法。

余一终享安静的写书时间,于是向书冉致谢。书冉说:"那都是你自己写的文字的作用,我只不过是顺便转交,举手之劳而已。"

余一说:"在体力上当然是举手之劳,难得的是脑筋那么一转弯,想到这么个绝妙办法呀!"

书冉笑道:"好,哀家接受这次拍马屁。作为回报,我再帮你想个好办法——我看你以前写的那个《忍冬藤》挺有意思的,可以改编成不错的青春偶像片。我新近认了个制片人干爸。还记得我跟你说过的'光明面'吗,就是他开的面馆。我介绍你认识他吧,说不定他能看上你的小说,那你就可以脱贫致富了。"

余一怦然心动:"真的,他能看上这个小说?"

"不一定,不过即使看不上,你认识他也没有坏处,说不定以后可以帮他写剧本,也好赚点外快。不要告诉我说你们写小说的看不起搞编剧的。"

余一赶紧否定:"哪里哪里,我虽然干不了编剧,但也不会歧视这个行业。认识你干爸那是非常乐意的。"

书冉告诉余一,她干爸姓黄,身兼编剧、导演、影视投资人。"我觉得干爸似乎对我有意思,我正在考察他是不是想潜规则我。"书冉说。

"不会吧?如果他真想潜规则你,你怎么办?"

"无所谓喽。他身体又好,长得也不错,又有地位,又有文化,我本就对他不反感。你跟我一起去考察考察他?"

余一便很迫切地想见到黄导。

第五章　魑魅魍魉

"光明面"在一座美食城的一楼，门口有一个小广场。书冉说，小广场上时常会有演艺活动，是表演，也是一种选秀活动。余一去惯了简陋之地，突然来到这么金碧辉煌的地方，还真有些不习惯。进去之后黄导却不在。书冉给他打了个电话，他说在外面有事，很快就回来。

书冉便带余一坐在大厅里，点了一些菜，还拿了瓶红酒，两人对面坐下，边吃东西边喝酒。

在门口的一桌上也有两人边吃边聊，书冉说，其中一个胖子，大家都喊他六叔，不知是因为排行老六，还是因为身价过六亿。余一看了看六叔，心想此人若从门外进来，大家最先见到的定然是一个硕大的肚子，之后才能见到他的面貌。联想到明成祖朱棣的儿子朱高炽，也有一个让人叹为观止的腹部，每一举步，须得几名仆人帮他捧着肚子，如今这个六叔大有此君遗风。右边靠墙的那一桌，有一个丰满的阿姨。书冉说，这是吴姨，身价也过亿的。余一看了看她的肚子，又看了看六叔的，不禁问道："他们俩是不是夫妻？"得到否定回答后，余一说："确实也不能是夫妻，不然为肚子所隔，夫妻生活会有问题——鞭长莫及呀！"书冉一听，差点把嘴里的一口茶喷了出来。

这时从外面走进来个头发稀少的中年人，书冉说，他就是黄导。

余一直接朝他的肚子看去,还好,虽然不小,但也不算特别离谱。然而,他固然不是个"怀孕的男人",可与书冉嘴里的"长得不错"也相去甚远吧?书冉赶紧站起来招手,喊:"干爸,我在这里!"黄导步伐如风,几步就走到了这里。书冉说他身体不错,这倒符合实情。

简单打招呼后,黄导说那边有个重要客人,某当红演员的弟弟,还有几个从上海来的演员,需要招呼一下,便匆匆离去。

书冉有些不高兴,酒到杯干,一会的工夫就大显醉态了。她去了趟卫生间,回来后嚷着要去弹钢琴。余一也有一点酒意,见她摇摇晃晃行步不稳,便强撑着让自己脚步稳一些,陪她前去。书冉弹了一首《致爱丽丝》,很不错,余一靠着柱子静静倾听,第六感让他转头迎接到了几束热辣辣的目光。几个男人色迷迷地盯着书冉裸露的腰部。书冉毫不察觉,余一便把书冉的衣服朝下拉拉,遮住那片白皙的肌肤。

书冉弹完后,返回座位,见黄导还没过来便撅着嘴打了个电话:"你再不过来我就生气了!"少顷,就见她干爸从一个房间走了过来。

书冉不胜酒力,软绵绵地靠着她干爸的肩头。只见黄导无限爱怜地抚摸了一下她的脸蛋,说:"小东西,喝这么多!"余一登时心里有点反胃,便不等黄导的目光掠来,赶紧垂下眼睑,装作在埋头喝茶,什么都没看见。又听黄导说:"你那天那话说得不对,你傻啊,怎么能那样说话呢?那些人明明是想占你便宜……"黄导一语未了,突然有电话来。他并不避讳,拿起手机就接。听起来大概是一枚官二代打来的,升官心切,沉不住气,打电话来质询。黄导似乎有些生气,便在电话里教训了他一通:"你不知道他?查查去!他是你爸的好朋友,我小弟。没用的人我会给你介绍?你都不知道你爸身边的朋友是什么人！人家早就跟你爸说过：'你的孩子，就是我的孩子，一定把事情办好！'还有什么不放心的？现在就是等待和你们单位协调，需要点时间，懂吗？……"大约讲了一分钟，黄导"啪"一下挂掉电话，面露不悦之色。余一想：此人的身份到底是什么？影视界导演，还是纵横捭阖的山中宰相？他条件反射一般想到《神都闻见录》。如果能把这内幕给揭出来，那该是一篇多么有分量的文章啊！

书冉跟黄导说了余一的来意，黄导说他看到书冉转交的部分文字，想让余一多发一点后再谈。余一的心"扑通扑通"地跳起来，若是黄导直言不适合改编，那也并不会引起多大的情绪波动，因为这种事跟中彩票的几率相等，本不抱有太大希望。然而黄导要他多发一点，还说了"再谈"二字，陡然给了他一些希望，怎能不让他喜出望外！余一正想说什么，突然莺啭燕啼，一群美女蜂拥而至，娇嗔黄导离开太久，便强拉硬拽，将他"挟持"回原先的房间。书冉说，这便是那几个来自上海的演员，大概是想上他的新戏。余一回想下刚才的态势，那些美女的神态气质，相信了书冉的话：黄导要想潜规则这些姑娘，绝对易如反掌。

余一还发现，那些演员们都没有书冉漂亮，这样想来，书冉还是挺危险的。

但将近七点，余一不得不乔装去地铁地下通道报到了。书冉曾经说过，她的干爸是否想潜规则她还有待观察，刁某是否也有这个企图，那却如韩寒所言：瞎子用屁眼都能看出来。如果她心情好，喝得醉醺醺的，黄导会不会乘虚而入？书冉说，这客房里时有风流韵事发生，大家都见怪不怪了。曾经有一天，一个男演员"急急如律令"，抱着个女孩进入房间，白日宣淫，声闻于天，众人相视莞尔，倒也不特别难为情……如果黄导也这样将书冉拖入客房,那如何是好?

他做了半天思想斗争,斗争出了个办法:把书冉的酒全部没收,不让她喝了。以书冉的酒量,再醒一会酒就可以完全清醒,那时她就绝对安全了。她的智商极高,男人想占她便宜,往往会偷鸡不成蚀把米,而她要想占男人便宜,那却是易如反掌。余一对这一点非常有信心。所以他安排好"善后之计"后,就去厕所乔装,强行离去。

几天后,书冉来紫穗山庄,徐阿姨和李定夫妇都在。他和书冉谈起那天在"光明面"里的事,余一对她说:"那天去了一趟'光明面',想起了电视剧《封神榜》。黄导算是'通天教主',教内人众,魑魅魍魉,什么妖魔鬼怪都有。"书冉对这个比喻很不悦,说:"这样说来我岂不也是个女妖?"却被自己的这句话说得高兴起来,又说:"女妖好,我喜欢当女妖——有哪个女妖不漂亮?"

余一说:"你确实有点像女妖。俗话说,天将降好身材于女人也,必先饿其体肤,饿其体肤,饿其体肤。可你每次都举口大吃,却偏偏不发胖,小腰跟水蛇似的,你不是女妖是什么?"

一句很客观的恭维如百步穿杨一般准确地挠中了书冉的痒处,她高兴得不行,说:"这句话哀家特爱听。赏赐黄马褂一件,下次再随哀家去光明面,给你介绍更多制片人认识,即便干爸这里不行,也叫你的《忍冬藤》忍完寒冬,忍出个春暖花开来!"

她这一说,余一突然觉得自己和她的关系就像汉武帝时期的陈皇后和司马相如,她之所以对自己青眼有加,是因为自己能写出《长门赋》来。不同之处在于,即便陈皇后再欣赏司马相如,也不会容许他吻自己……

青青听说"光明面"里有演艺活动,很是羡慕。"里面真有演员呀？有明星吗？"她问。

"当然有了。我那天乘电梯，瞧里面一个人非常面熟，越瞧越面熟，后来忍不住叫了起来：'这不是陈奕迅嘛！'他朝我笑笑，走了。"书冉说。

青青更加羡慕："哇，那下次有明星来，我们能去看看吗？"

余一转头看看书冉。

"当然可以！下个周末就有一场文艺演出，咱们一起去吧。"她把目光转向徐阿姨，"徐阿姨你也来吧。"

"你们年轻人去玩，我去干什么……"

"来嘛来嘛，谁说您不能去嘛。再说，您也年轻得很呢！"书冉的嘴巴甜得要命。

"对啊，去吧，然后咱们一起回来。"青青也撺掇她。

"子曰：'吾从众。'"余一引经据典地劝了徐阿姨一下。

徐阿姨终于笑着答应："好吧，我来北京好几年了，还没看过现场的文艺演出呢，倒也真想去看看。"

余一送书冉走出紫穗山庄的大门时，有风吹来，弄乱了她的头发。书冉微微眯了眯眼睛，抬起手，轻轻抚了抚那些被吹乱的发丝。有夕阳的余光洒落在她的睫毛上，看上去微微发颤。余一从侧面看到了，刹那间脑袋里闪现了童年时最喜欢的歌词："让青春吹动你的长发，让它牵引你的梦。"还想到了家乡山脚下那个不知名的小湖，少年时的他曾路过那里，看到荒草萋萋，夕阳的余晖照射在湖里，有一种宁静的感觉。这种感觉他已经多年不曾拥有了。就在这一瞬间，书冉脸上那昙花一现的奇异的美，使他的心颤动了一下，随即泛起了莫名其妙的忧伤。书冉大约察觉到了他目光的异样，转过头来，望着余一痴痴的眼睛,一怔,但余一笑笑,她便也不知所以地笑了。

余一想这也许是瞬间的"天人合一"的效果。彼时正是黄昏,"美人"加上"迟暮",所以产生了那样的美感。他觉得这应该是可以复制的。于是两人走到中关村购物广场时,霓虹灯闪耀之下,他见书冉长发飘动,便叫她站定,眯眯眼,抬手抚摸头发。书冉莫名其妙地照做,出来的效果却似是而非,余一不禁惘然失笑。"神经,搞什么飞机,本小姐压根就不是那个型。"书冉不满地说道,"瞧我给你摆个 pose。"她燃起一根细细的香烟,抽一口,眼神迷离地瞧着余一,问:"怎么样?"余一犹豫了两秒钟,说:"好。"

"对了,下周末咱们去光明面,你叫唐醋也来吧。"书冉说。

余一送完书冉后便去找唐醋,但唐醋表现得非常不感兴趣。

"你的偶像黄晓明也会去,你难道不动心?"余一诱惑她。

唐醋义正词严地说:"我已人非少年,早过了追星的年龄,虽然很喜欢黄晓明,但对于偶像,还是远远地看着为好。况且'光明面'里那么多龌龊之人,对于一个警察来说,无论从职业操守上,还是从善恶的情感上,都是不见到为好。"

余一见此情形,更想让唐醋去了:"怎么才肯去?"

"真的有诚心请我去?"唐醋故意表现出一点兴趣。

"有,不信你可以钻进我胸腔里去问问心脏,不可否认它长得很丑,像一颗椰子,可是它很温柔,而且绝对不会说谎。"

"那倒不用,你只要告诉我一件事,就可以证明你有诚心。"

"何事?"

"你和你前女朋友的事。"

余一一愣,脸上的笑容顿时消失了。他看着唐醋那温和的、透着理解和同情的眼神,突然觉得,说一说也没什么大不了。

他便把他那老掉牙的破事儿又说了一遍:洛宛是某学校新闻系毕业生。她一开始很欣赏余一的母校,以及他的专业法学。因为这个专业很光鲜,很有钱途。但余一志不在此,既不想干律师,也不想做法官,硬是跑到报社做一个新闻记者,和她成了同事。她只好转而欣赏余一的才华。可余一虽然写作不止,却越来越穷困。她再无可欣赏之处,终于琵琶别抱,转而欣赏成功中年男。

"正如某作家所说,再激进的少年,终会变成养家糊口的男人;再文艺的女青年,终会变成油盐酱醋茶的女人啊。"余一感叹说。

"不能一棍子打倒所有文艺女青年吧? 你自己遇人不淑而已。"

"当今之世,真还有'淑'女?"

"废话! 世有伯乐,然后有千里马,千里马常有,而伯乐不常有!"

她的比喻让余一笑了起来。

"你笑什么?"唐醋愠道。

"怪不得有人叫女人为'马子'。"

"你去死吧!"

结果唐醋真去了,打扮入时,花枝招展,不知道的会以为她也是混迹光明面的某位尚未成名的演员。他们包了一桌,书冉请客。她说这次在光明面里自己算半个地主,尽一下地主之谊是必要的。门外小广场上果然有文艺活动,而李定与青青看来真是来看文艺演出的,兴冲冲地在外面观看。徐阿姨却有点醉翁之意不在酒,说是来看演出,但像是接到了东晋庾亮的信,没有越雷池一步,一直在桌上吃喝聊天。

在这个地方，他们不免又谈起了刁友乾，书冉再次夸奖他"识见非凡"，这次连唐醋也深表赞同。她听说过不少关于这位领导的传奇故事，好多大案要案，别人一筹莫展，他出手就能迎刃而解，就业务能力来说，那是相当地牛。

正说着，书冉突然一声欢呼："呀，领导，你也来了呀！"朝门口看去，果然见刁友乾挽着一个姑娘，朝这边款款走了过来。

余一一看到那姑娘，登时一阵天旋地转，摇摇晃晃地站了起来，桌上的一只杯子应声而倒。

"怎么了？"身边的三个女人异口同声地问。

"她……洛宛。"余一艰难地说。他感觉呼吸都快停滞了。

徐阿姨还不觉怎样，因为她不知道洛宛和余一的故事。唐醋和书冉却是吃了一惊，两人齐齐朝洛宛瞧去。

洛宛还是那么漂亮，只不过明显地丰腴了，风情万种的打扮配上精心设计的发型，一股雍容高贵的气质。"哟，祖母绿！不错噢。"书冉说，"瞧她戴的那串项链，那几颗翡翠可是价值不菲呀！"

余一一眼瞥去，果然见那几颗绿莹莹的珠子散发出来的宝光异常漂亮。他对玉十分感兴趣，曾经在大学毕业时专门转道河南南阳石佛寺镇，去考察那里的玉器交易市场。眼前的这串祖母绿确实是翡翠中上品，挂在洛宛修长白皙的脖子上，可说是相得益彰。然而他心不在玉，满心满眼都是面前的这位"玉人"。洛宛脸上带着社交场合那种特有的微笑陪着刁友乾朝这边走，与余一的目光相撞，一怔，脸上的笑容如春水遭遇严寒，瞬间凝固。身边的刁友乾嘴里"哟"的一声，抽出手甩了几甩，目有询问之色——大概是洛宛握疼了他。洛宛朝刁友乾歉意地笑一下，说："没事。"再转向余一时，神态又恢复了自然。

"领导,整天金屋藏娇,捂得紧紧的,不叫人看到,今天终于舍得带出来了啊!好漂亮啊!介绍一下吧。"书冉说。

刁友乾便向众人介绍了洛宛,而书冉则一一介绍了余一一行人。

"你好。"刁友乾对余一说。

"你好。"余一对刁友乾说话,目光却不由自主地转向了洛宛。她还是那样礼貌而高贵地微笑着,看来并没有主动袒露与余一的关系的意思。

"说起来,余一与你们两口子很有缘分哟,他在认识领导你之前就认识贵夫人了。"书冉似乎是故意的。

"是吗?"刁友乾惊奇地问他老婆,"你们以前认识?"

"是的,以前的朋友,好久没联系了。最近好吗?"洛宛始终不失落落大方。

"还好,谢谢。"余一答得有些艰难。

不知为什么,一时之间有些冷场。这瞬间的奇异气氛终于让洛宛有些慌乱,她无话找话地问了一句:"这几位,是你的朋友?"她着重看了看书冉和唐醋。

于是,不可思议的一幕发生了:书冉与唐醋对视一眼,竟然不约而同地挽起了余一的胳膊——书冉挽左边,唐醋挽右边,异口同声地说:"我们不是他的朋友,而是他的女朋友!"

刁友乾笑了起来,说:"这么有艳福?你们真会开玩笑。"

"不是开玩笑。"书冉一副半真半假的口吻,"我俩正在商量谁做大谁做小呢!"

刁友乾哈哈大笑起来。徐阿姨有些不明所以,但也笑了起来。

洛宛也只好将礼貌的微笑再次绽放。余一将粘在洛宛脸上的眼珠子收了回来，看看身边的绝代双娇，只见这两个明媚如花的姑娘都在若无其事地微笑。他有些搞不清状况，只好又将眼珠子粘回洛宛的脸上。

这时，黄导发现了刁友乾，喊了一声："老刁！这边！"刁友乾便说："你们慢慢吃，我们失陪一下。"带着洛宛走了过去。

余一还在愣神，书再"啪"地拍了他一巴掌："喂喂，人都走了，你就别贡献回头率了，小心扭断颈椎！"

余一颓然地叹了口气，无声而坐。

"我俩刚才的表现怎么样？没叫你丢面子吧？"书再笑嘻嘻地问。

说实话，当看到俩女孩抱住自己的胳膊时洛宛的脸上瞬间一暗，余一心里真有些痛快的感觉，但随即就是微微的疼痛。这么久了，在某些时刻，他以为自己已经完全放开了，但到底还是放不开。

"刚才是怎么回事？余一和刁友乾的老婆以前认识？怎么会这么巧？"徐阿姨问。

"阿姨，还有更巧的呢，余一没跟你说？那个洛宛以前是余一的女朋友！"书再说。

"我们还是不要在余大情圣这旷日持久的小伤口上再洒一瓶高浓度的酒精了。"唐醋笑道，"还以为余大情圣的眼光有多高，拖着个蛋在这个'伤城'里滚了这么久都没疗伤好，真想瞧瞧那个伤你入骨叫你念念不忘的仙女到底有多超凡脱俗，今日一见，啧啧……"

"不过如此。"书再接口道。

"何止如此，简直俗不可耐！"唐醋奋力毒舌。

书再看了唐醋一眼，决定赞同："对！我一直以为自己已经够俗了,没想到人外有人,俗外有俗!"

余一知道她们这一唱一和地,是在安慰自己。可是这情况太突然了,让他根本没法反应。之前一直以为是主编抢走了洛宛,却没想到是刁友乾!嫁给刁友乾还倒罢了,偏偏还在这里偶遇。这世界上的道路难道真的会因为冤家而变得狭窄吗?

这时好多人来跟书冉打招呼,她一会邀请人到这桌上喝一杯,一会被人邀请去别桌上喝一杯,如穿花蝴蝶一般不得空闲。甚至连后方的厨师都过来跟她聊天,并详细听取了她的具体意见,返回厨房给她做了一道凉拌海蜇。大家都能感觉到,这个厨师是在用他唯一的本领来讨要书冉的亲昵。可惜流水有意,落花无空,这道菜她只享用了一口,就被人拖到了别处。

书冉在余一他们这一桌时,若有朋友过来,她会一一介绍余一诸人,每当这时,余一和唐醋只能礼貌地说个"你好",其他就无可言者。唐醋是因为不习惯这种场合,余一是因为注意力全在洛宛身上。徐阿姨却总能跟人多说几句,与某些人还相谈甚欢,后来终于被人邀请而去。唐醋对余一说:"你注意没有,徐阿姨的穿着很得体,很适合这样的场合。"余一仔细看看,确实是这样。他正想对唐醋的话作出回应,却突然发现了什么,陡地闭上了嘴。

闭嘴的原因是,他看到徐阿姨正与刁友乾站在一处,各人手拿一杯酒在聊什么,看起来颇为投机。一会之后,两人一起走出门去,似乎要找个地方深谈。徐阿姨竟然可以跟刁友乾这样的人物聊天,余一心中十分好奇,但注意力很快又移回到洛宛身上。她和书冉在一桌,那桌上满眼都是俊男美女。

唐醋看了一会,说:"我也去凑凑热闹去。"

余一奇怪地问："你不是不喜欢那种场合吗,去凑什么热闹啊?"

唐醋说："我想跟你的前女友聊聊天,了解一下你之前的恶劣事迹。再说她不是我的领导夫人嘛,跟她搞好关系对升迁有帮助啊。"

余一压根不信这话,想出言制止,唐醋却说："感觉你前女友对你余情未了噢,你看到没? 刚看到你那会儿,她立即起了邪念,想谋杀亲夫。可惜杀的部位不对,光使劲握他手,怎么能把他握死呢? 嘻嘻嘻,我去确认一下,瞧她是不是想弃暗投明重回你的怀抱,如果是,我可以牵线搭桥呢。到时候破镜重圆,不要忘记我的大恩大德哟!"唐醋调侃个过瘾,朝余一一笑,便盈盈离去。

一张桌子只剩下了他自己。余一端起酒杯喝了一口,想,每个人都是醉翁之意不在酒,自己倒成了醉翁之意在于酒了。想必洛宛在和唐醋聊天时,会偶尔朝这边看看,那时自己形影相吊,多么无味。他想了一想,决定去找李定夫妇。

李定和青青正傻乐傻乐地随着众人在那乱跳,台上的乐手拼命鼓动,台下一大群人,识与不识,跳得不亦乐乎。余一想到林黛玉挖苦刘姥姥的话:当日舜乐一奏,百兽率舞……不禁暗自一笑。但又觉得这样想有失妥当,李定和青青也在里面,自己和他们本是一伙,俗话说,物以类聚,人以群分,说他们是兽,那自己是什么? 于是走到那群人中间,也手舞足蹈了一会,算是自作自受,加入"百兽"行列。

之后余一就觉得索然寡味,人人得其所哉不亦乐乎,只有自己茫然不知所措。古人云,知我者谓我心忧,不知我者谓我何求,然而问我何所忧,问我何所求? 他站在那里,发了一阵呆。最后想,应该是不知我者谓我心忧,知我者谓我混球……这样自我挖苦了一下,心情稍有改善,辨明了道路,独自离去。

他做梦也没想到,这次让他心绪茫茫的聚会,乃是命运之神的又一次心怀恶意的安排,不久之后,他会对洛宛的人生产生可怕的影响,命运的枷锁又一次将她和自己捆绑在了一起。

第二天,大家聚在余一的蛋居里,徐阿姨说:"正好大家都在这里,我要跟大家宣布一个消息:我也准备造一个蛋形小屋,在这里和大家一起住。"

这句话叫余一和李定夫妇的嘴巴张成了蛋状——徐阿姨住公司提供的集体宿舍,虽然算不上舒适,但怎么也比他们这暴露在正义之士打击范围之内、随时会成为覆巢之卵的蛋屋安定得多,更何况是免费居住,不用付建造费用和房租。为何舍弃玉堂琼榭而入住疏篱茅舍?徐阿姨解释说:"宿舍里人多口杂,跟她们说不到一起去。老早就想着搬家,但和李定你们那时的烦恼一样,不是离得太远就是房租太贵。这下好了,造一个你们这样的小屋,就在工地附近住着,又不贵,又能跟你们住在一起,多好。"

"我们建这样的小屋是迫于无奈,您没有到我们这个份上,所以还请三思啊。"余一说。他觉得自己的话有点假惺惺,因为心底还是有点窃喜,替"越王勾践"去自刎的"死士"又多了一个,为自己的成名大计去"击石"的"卵"又增添了一枚。

徐阿姨笑道:"我已经深思熟虑过了,决定了。你有空去找上回那个朋友吧,再帮我们造一个小屋,这回付他工钱。"

余一把这个事情发短信告诉了唐醋和书冉。书冉回电说:"哇,真的啊?徐阿姨太帅了!她是我的偶像!等她建好后我去看看,说不定我也建一个。"

余一叫道:"你就别添乱了! 合着您大小姐以为我们住个蛋很舒适,很好玩,很有情趣呢?"

书冉"咯咯"一笑,说:"有空再说,现在有点事。"

唐醋却没有反应,余一以为她没收到短信,或者关机了,于是给她打了个电话。唐醋不接,直接挂掉,很快又回拨了过来,问余一:"你现在发了? 居然有钱给我打电话了! 你现在是不是在家里,我给你的'座机'拨过去。"余一说不是,现在正在路上,要去找梅翔,请他再来"下一个蛋"。他问唐醋:"现在很忙? 怎么对徐阿姨要搬家的事一点没反应?"

唐醋说:"这个不好反应呀! 我是警察,国家公务人员。你们那个蛋形蜗居本就是非法建筑,这虽然不在我的职务范围之内,但从公职人员的角度出发,难道还能表示鼓励甚至赞美?"

余一一想,确实如此。他有些歉意地问唐醋:"和我这个社会边缘人物交往,肯定有不少让你纠结的地方吧?"

唐醋说:"那倒不会,你别多想,我只是就事论事。"

沉默了一会,唐醋又说:"你的那两个蛋,一直'危若累卵',你都不知道。小区里有居民向正义之士反映,正义之士数次想驱赶你们,但是后来总被阻挠。玄妙吧? 好像有一股力量在保护着你们,我都不知道是谁。"

余一大惊:"真的? 你怎么知道的?"

唐醋说:"正义之士里有我认识的人,我最近跟他聊天时偶尔聊到你这个情况。他说有好几次领导下令要来强拆你们,但后来突然又改变了命令。他从领导的脸色和语气推测,改变命令不是出自他本意,而是被迫的。"

余一心下暗惊，不知自己的这个蛋怎么成了权力斗争的焦点。他联想到那天正义之士来拆自己的蛋居，首领接了一个电话后突然决定撤退的事，验证了唐醋的话。她用了"危若累卵"一词，现在徐阿姨要加入进来，岂不是又要"累"上一卵？这一卵，会不会成为压死骆驼的最后一根稻草？但，为何会有一股神秘的力量在暗中卫护自己？这股力量是谁发动的？

他觉得这情况有点惊悚，但念头一转，又释然了。管他是谁，反正自己没干什么罪大恶极的事，顶多被强拆了。据说卖火柴的小女孩不是冻死的，而是在点燃最后一根火柴后，看到墙角有个"拆"字，绝望而死。自己心理素质比卖火柴的小女孩好，即使被拆也不会绝望而死。而只要性命无忧，别的神马都是浮云。况且，自己早就计划好了：你们来拆吧，轰轰烈烈地拆，老子要借助你们的行为脱胎换骨、一举成名！

思想活动至此，余一又嬉皮笑脸起来，问唐醋："你为什么要跟正义之士聊我的小屋，你想协助正义之士强拆我？"

唐醋说："没错，你猜得很对。"

"好好好，伟大的人民警察唐醋，我今天算认识你了。唉，我还是觉得文学女青年酉昔比较可爱。"

唐醋"扑哧"笑了："你就会骗人家文学女青年。可是骗人一时容易，骗人一世难啊。曾经的文学女青年洛宛被你骗到了手，可煮熟的鸭子不还是飞了吗？"

这个玩笑捅到了余一的痛处，他不吭声了。

唐醋赶紧转移话题："对了，你就不好奇是谁在帮你抵御正义之士？你就不担心最后抵御不了，正义之士大举出动，对你大大不利？"

余一说："管他是谁呢,反正帮我的人对我没有恶意,如果他想让我知道,自然会告诉我的。抵挡不住也没关系,大不了继续滚蛋,又不是没滚过。"

唐醋说："心理素质真好,怪不得过得这么惨都没死。"

余一说："嘿嘿嘿,这句恭维朕喜欢。"

唐醋又是"扑哧"一笑,说："不跟你贫了,还有事呢。"挂了电话。

余一再次思忖:到底是谁在力抗正义之士? 徐阿姨城府颇深,对自己也是真好,她暗中帮助自己极有可能,然而她的触角只是在这个小区内伸展,影响一下物业公司还行,不可能和正义之士掰手腕还能胜一筹。书冉对自己也很好,认识很多"正邪两赋"的角色,比如刁友乾。这种身上有几分邪气的实力派人物,恰恰是她能运作得动的,所以那只神秘的背后之手很可能便是她。余一想起书冉姣好的脸蛋、甜美的笑容,以及这么久以来对自己的关怀和鼓励,心里暖烘烘的。鲁迅对朋友说过:人生得一知己足矣,斯世当以同怀视之。对书冉,无论如何,都要铭记恩德,并伺机回报。

可如果是她,她为什么不告诉自己呢?

余一又想,不管如何,那只在抵挡着正义之墙撞向蛋居的神秘之手,请你一定要挺住,挺到我需要你撒手的时候,那时就功德圆满,送佛到西。我在极乐世界里,一定会深深地感念你。

第六章　医院风云

余一找到梅翔,说起再生一蛋之事。梅翔吃惊地举起了三根手指头:"三个了! 真的一生二,二生三了。接下来就是三生万物? 老天爷! 那时候我就开个房地产公司,卖这个蛋形蜗居,就能卖成亿万富翁了!"

"很有可能。"余一想到书冉的话,这姑娘和自己差不多,五迷三道的,想干什么真会干的,"起码有可能再建一个。"

"一哥,我太佩服你了! 我之前就那一个蛋还没有容身之地,你这竟然接二连三地建造。俗话说,三蛋为王,你莫非要在京城称王称霸?"

余一笑道:"你就别取笑了,给个答复吧,愿意再劳动一下去造一个吗? 徐阿姨说这回一定要给你工钱。"

"去! 绝对去! 还是跟上次一样,工钱分文不取,不然我就不去。俗话说,事不过三,我倒要看看,你能不能整出第四个来。到第四个我再要工钱。那时候咱真要考虑考虑,也许这蛋在北京真有市场呢。到时候我俩合伙干,我负责生蛋,你负责卖。"

"行!"余一一口答应。

徐阿姨把钱交给余一,由他采购材料。余一在接过钱的时候很有些愧疚,徐阿姨这样信任自己,自己却没安着什么好心,帮她建这个蛋,其实是要为自己做炮灰。"不过,"他想,"一将成名万骨枯,就让徐阿姨为我做出点牺牲吧,只要我成名,到时候到处走穴吸金,还怕不能回报她?"

这次造蛋的过程更加顺利,梅翔熟而生巧,将三个小屋的排水系统巧妙地统一起来,从同一个管道流出。他在考虑将管道的出口设置在何处的时候,注意到了附近的一个井盖,想将它揭开,看看里面是什么。若下面是污水管道,倒可以直接"百川归大海"。但徐阿姨赶紧制止,她说下面是一个与电力系统相关的井,里面有光缆什么的,不能排水。最好不要碰它,不然算违法犯罪的。她这么一说,梅翔就不再打那个井盖的主意。后来梅翔在草地上挖了个坑,将管道口埋在里面,外面用草皮覆盖,使污水自然渗入地下。

竣工之后,梅翔和余一去了附近的一座居民楼上俯瞰。只见三个蛋挨在一起,一大二小,惹人怜爱。余一想起梅翔常说的一句话:三蛋为王。因为他老家有个说法,如果一个男人长了三个睾丸,就是当"王"的命。就像舜和项羽,都是"重瞳子"。余一想,如今这"三蛋"齐聚,看来是上天垂象,自己要称王称霸了吧?

梅翔却是另外一种心思,他说,这几个蛋无论从外形上看还是从实用性上说,都属于上乘之作。所以他哈哈大笑,得意非凡,晚上喝了个酩酊大醉、人事不省。眼看没法回去,余一只好将他安置在自己的蛋居内。这个蛋的主人原本是他,这回算是故蛋重游。然而鸠占了鹊巢,余一不得不思索如何过夜。他想起之前到处蹭睡时,有一家租户,每到年底,总会闲置出许多空房,屋内暖气桌椅一应俱全,且房门不锁,是免费过夜的理想去处。他便交代了李定几句,准备过去。

然而还没动身,就听门外"座机"铃声大作,他拿起听筒,听见书冉声音低沉地说:"大叔,你快来我这里。"

余一和书冉认识了这么久,从没听过她这样的声音。心里一沉,问:"发生了什么事?"

书冉说:"我……你快点来,来了再说。"说完就挂掉电话。

余一拔腿就朝车站跑,但要等的那辆公交车久久不来,急得他跟公园里下午四点钟左右饿极的狼似的,在原地团团乱转,在心里直骂书冉"死三八"。最终他一狠心,决定打车。

跑到书冉的房门口,摁门铃。书冉给他开门后,也不回答余一的询问,径直走到卧室,坐到床上,盖上被子,就那么默不作声地直着眼看余一。余一被看得直发毛,问她:"你怎么了?"

书冉说:"我例假没有来。"余一悬在嗓子眼的心"砰"地落了下来。"就这个事?吓了我一跳。女人例假推迟很正常啊,难道你从来都是准得分秒不差?"

书冉不吭声,半晌,才又幽幽地说:"不是推迟,是没有来。我想吃酸东西。"

余一还没反应过来,他知道书冉爱吃水果,她曾经一天呆在家里,一口饭没吃,却把十几斤水果消灭殆尽。此时他心想,这姑娘又使小姐脾气了,竟然以例假没来为理由,将我大老远地喊过来,给她下楼买水果吃!他便说:"好,那你等一会,我给你买橘子去。"

书冉一把拉住了他:"笨蛋!我还总是想吐。"一句话说完,好像身体受到了诱引,竟然又呕了几下,可什么也没呕出来。

余一愣了一会,大惊,差点蹦了起来:"你,你,难道……"

书冉用悲戚的眼神看着他,点了点头。

余一"啪"地互击了一下手掌,叫道:"你怎么这么不小心!不是告诉过你要注意采取安全措施吗？"

书冉不吭声。

余一在屋里来回踱起来，踱了半天，又忍不住怒斥书冉："跟你说过好多回，注意安全！你总当耳旁风，现在好了吧？"

书冉"哇"地哭了起来，叫道："人家心里够难受的了！叫你来是问个主意，不是让你来教训我的！"

她一哭，余一就心软起来，赶紧拍拍她肩膀，说："好了好了，不哭，咱一起想主意，不是什么大不了的事。孩子是谁的？"

书冉摇摇头。

余一奇怪地问："怎么可能？是谁的你不知道？"

书冉说："那次在光明面里喝醉了，谁让你先走了，结果……"

余一大吃一惊："我临走时你不没醉吗？你后来又喝了？"

书冉点点头："后来他们硬拉我去喝的……"

余一登时满心愧疚。自己早就应该知道，光把她的酒没收了有什么用呢？她口袋里有钱，想喝不是随时可以买吗？就算她不买，她有嘴有腿，不是可以和别人一起喝吗？说到底，那天自己的"善后之举"只不过是一次不负责任的自欺欺人而已……

他坐到书冉身边，看着她脸上的泪痕，一阵心疼。

"你打算怎么办？告诉家人不？"余一柔声问。

"不能跟他们说，一说，我妈肯定会飞过来，长篇大论地教训我。我可不想招惹她。"

余一忍不住问："从来只听你提你妈妈，你爸呢？"

"我也不知道我爸去哪了，我从来没见过我爸。问我妈，我妈也不知道，但最近一些年他一直朝家里寄钱。"

"噢。那现在怎么办？"

"打掉，你陪我一起去。"

余一向来对堕胎持否定态度，认为为了自己生活之便而扼杀一个生命，没有比这更残忍的谋杀——而且杀人者的身份是母亲。但此时此刻，他觉得若把这套理论抛出来，自己都会觉得傻气。

"好吧，明天去，今天你好好休息下。"

十一医院是离他们最近的，但两人都对这个医院充满不信任，余一便上网查找别的医院，查着查着，突然看到一条新闻，看完后忍俊不禁，连忙喊书冉："快点过来，瞧瞧这事儿！"那是离他们不远的另一家医院的事，在里面工作的一个护士发了两条微博，横空出世，震惊天下。其中一条说："今晚来上班，收到一条最好的消息：病人于下午2:10宣布临床死亡。今晚可以睡个好觉了！明天可以出游了！"另一条说："测试人品的时刻到了！有个病人的血压在往下跌，半夜极有可能得起床收尸。我未雨绸缪，殡仪馆的电话也问好了，但还是希望她能顶过今晚。这大冷天的，我暖个被窝也不容易，您就等我下班再死，好不？……事实证明我的人品实在太好了，昨晚家属无数次要求拔掉输液管，让病人安心而去，我一再拒绝，硬是把她的生命延续到了今天。在我下班的时刻她开始吐血，估计也就这几个小时的事了，反正不关我的事了，我下班了，噢耶耶耶……"

"这护士的人品确实太好了！你竟然要带我去这样的医院，你还担心我死不了啊？"书冉说。

"以我的经验，这种正处在风口浪尖的地方，全国的新闻媒体都恨不得戴上探测仪来窥探他们，这个时候，他们会一反常态，表现得非常非常好，甚至会好到叫你肉麻。须知在一定条件下，最危险的地方,就会变成最安全的地方。"

他这么一说,书再觉得很有道理。

第二天去走程序,检查肝功能、B超、血常规什么的。余一拿着各种缴费单跑上跑下,心里暗暗发誓,以后绝不让未来的老婆流产一次,不然再如此"跑单子",非被累死不可。走完最后一道程序后,他坐在病房外的凳子上,看着那一群等待流产的女生,抱怨的,满面忧虑的,掉眼泪的;一群男生,嘘寒问暖的,满脸愧疚的,鼓励的。后来他被喊进去,被医生询问了一番,询问完毕,被责备了一顿,说他"不为女方考虑"、"自私自利"等等。他百口莫辩,只能乖乖听着,心想耶稣为了替人类赎罪而被钉死在十字架上,自己算是为天下不爱戴套的男人受这惩罚吧。责备完毕,医生叫书再吃了一些药,然后出来等待。

一会的工夫,书再的肚子就有了反应,仿佛是被谁猛地踹了一脚,登时脸上肌肉扭曲,冷汗跟夏天的阵雨似的,没有任何征兆,哗啦一下就瓢泼而下。她一把揪住余一,眼泪滂沱而出,叫着:"疼疼疼疼疼……"余一直接跳了起来,一方面是极度惊愕,但主要是被书再揪的。他赶忙抱起书再,冲进屋子,叫道:"医生,医生,她她她……""你慌什么?"一个护士用冷漠得可以将开水瞬间冰冻的语气说,"把鞋换了,进去做手术吧。"

余一被驱赶了出来,想起书再那疼痛的样子,心里有点打鼓。他知道会遭遇医生的白眼,但还是忍不住去问:"大概多久可以结束?她疼成那样会不会有事?"

医生果然给了他一个狠狠的白眼,说:"等着去,时间说短也不短。她那样疼是正常情况,不疼才怪呢。别大惊小怪的。"余一第二次被驱赶了出来。但想着医生的话,不那么担心了。

他这才想起那个护士的事,发觉自己判断失误:原以为他们会改善态度,但从刚才的情形看,并未让人有如沐春风之感。他在走廊里慢慢踱步,发现医院里的气氛毕竟有些异样:那些医生和护士们的眼神,高度戒备,充满敌意。医院大门口不时出现喧哗声,那是医院的保安强行将来访的记者拒之门外。余一想,这些记者真笨,难道不能像自己这样,化装成病人或者病人家属,堂而皇之地登堂入室吗?但从他们高度戒备的状况看,就算自己潜伏进来,也未必能找到什么猛料。但好不容易有这机会,说什么也不能放过。

他从走廊里的报纸架上取下一些报纸,上面都有对这家医院的口诛笔伐,但自己之前就职过的报社一反常态,说十一医院已经成立了由医院医务科、监察室组成的调查组,对此事进行调查处理。而该护士对调查组表示,网络流传的微博确为其本人微博,但已经被盗用,微博内容与其本人无关。这意思是说,她是被人陷害的。突然与主流声音大唱反调,这可不是主编的风格。不过转念一想,他爱钱如命,求财若渴,去他那里做做媒体公关,也不是什么困难的事。

他继续在走廊里走来走去,忽然发现某个房间上挂着"生殖泌尿科"的牌子,心想正好得空趁便,何不冒充李定咨询一下,顺便打探下虚实。李定将来要为自己的成名"献蛋",自己也要提前补偿一下。于是走了进去。只见有数人坐在里面等,个个表情微妙,余一被他们的目光一扫,登时觉得自己跟他们一样功能出了障碍。

"你是多少号?"一个看来是医生助理的人问。

"我……没有号,就是来问问……"

"挂号去!"

余一只好灰溜溜地退出来,感觉自尊心受到极大伤害。正巧,刚才训斥他"不为女方考虑"的那个医生正好经过,两人便打了个照面。那人看了看余一,又看了看"生殖泌尿科"的牌子,脸上顿现疑惑之色。余一想,这医生大概在想:此人有生殖问题,怎么能让女朋友怀孕?便忍不住大笑了两声。

他挂号后重新走进去咨询,主要是打探费用。医生听了"他"的情况后,告诉他:"你这问题比较复杂,治疗起来费时费力,所以费用肯定不会低。"余一问需要多少。那医生便报了一个天文数字。余一吓了一跳,怪不得刚才出去的那些人个个脸上表情凝重,自己还诧异,难道医生对这些人全部束手无策?现在看来,有策,但此策价格太高。

这时,手机响了,书冉用有气无力的声音问他在哪儿。余一赶紧跑回去。只见书冉面色苍白,一脸憔悴,头发乱糟糟的,都被汗水浸湿了,往日明眸皓齿、神采飞扬的青春美少女形象不翼而飞。余一看得心里一阵难过,走到她身边,扶着她,书冉便轻轻偎依在他怀里。这副亲昵温馨的模样大概打动了医生,他不再冷言冷语,叮嘱了他一些注意事项,并建议书冉留院观察几天。但书冉坚持回家,说不想待在医院。医生只好给她开了一些药,又再叮咛余一一番,放她回家。

余一将书冉抱到她卧室床上,按照医生的要求喂她吃了药,然后跑出去准备买一只乌鸡。他怀着对书冉的歉疚,在心里发誓要好好照顾她。于是跑到小区里的一家餐馆里,叫大师傅专门做了一道滋补的鸡汤。余一端上楼,温度正好,便喂书冉喝了。大概药和鸡汤同时起了作用,书冉苍白的脸上终于有了些血色,眼睛也有光亮了。刚醒来,就嚷着要洗澡,说身上出了汗,很不舒服。余一想起医生的话,便拒绝了她的无理要求。书冉说："我难受得要命,身上黏糊糊的,你忍心吗?我向你保证,洗完澡就乖乖躺在床上。"余一拗不过她,只好将卫生间的暖气打开,调试好水温,然后将书冉扶进去,千叮咛万嘱咐,叫她不可"恋洗",略略冲去身上的汗就赶紧擦干出来。

然后,余一站在卫生间门前,听见水声哗然,略微觉得放心。正想离开,突然听到书冉"啊"的一声尖叫。余一大惊,问道:"你怎么了?"书冉不答,一个劲地尖叫不已。余一无暇再想,伸手拉开了卫生间的门,看见书冉白生生的身子立于浴池之内,一手抓着喷头,一手扶着墙壁,眼望浴池,奋力尖叫。余一连问:"怎么了? 怎么了?"冲到浴池边一看,只见盆底一片殷红,全是血水。他长这么大从没见过这么多的人血,吓得腿一软,差点跪倒在地。书冉尖叫一会,整个人软下来,慢慢瘫倒在浴盆里。余一的腿也终于软了,"扑通"一声跪倒在旁,连叫带摇,书冉就是不省人事。他只好把书冉拖出来,抓过浴巾,三把两把把她擦干净,穿好衣服,裹上一件大衣,背起她朝楼下跑。刚出大门口就听到相机快门声,还有镁光闪烁,他知道又是那家伙在偷拍,不过也没时间理会,他拦下一辆出租车,直奔医院而去。

没想到忙中出错,忘了带钱包。出租车司机倒还好说话,原谅了他坐"霸王车"的行为;可医院就不同了,余一没挂号人家就是不理他,哪管书冉不省人事。余一恨得真想背个炸药包来把这个医院给轰了。正在急怒攻心,那个偷拍男却猛然出现在面前,也不说话,掏出一叠钱扔在余一手里,然后扭头就走。余一大吃一惊,可也没空细想,拿起钱就挂了号。

医生见余一这么惶急地跑来,以为出了大问题,也吃了一惊。可检查之后就放了心,又用冷漠的口气责备余一:"不是告诉过你两天之内不宜洗澡吗？怎么全当耳旁风啊?"余一无心听这些,只是一个劲地问:"她怎么样,有没有事?"医生说:"没事,手术后子宫受损,没有修复好,流血是正常的。这个不也告诉过你吗? 也当耳旁风了!"余一说:"我知道,可是她流血太多,吓人啊! 她都晕倒了。"医生说:"其实哪有流很多,洗澡水和血掺在一起,看起来很多而已! 她晕倒也不是因为流血过多,而是晕血。不过你们不遵医嘱,不适合在家休养,还是住几天院吧。"

书冉还是不想住院,但这次余一说什么都不再同意她,便陪着她在医院住了几天。

如此一来,他与书冉的关系变得甜腻暧昧起来,并且向着更深的程度发展,呈现失控状态。一系列事件的牵扯碰撞,本来也并非人力穿凿。似乎有一股神秘的力量在推动两人的日渐亲昵,如果将那股神秘的力量归之于天,那便很有点天作之合的意思。书冉动辄以"我不宜劳累"为理由,提出一些令人发指的不合理要求,比如:离卫生间不过几步之遥,她却一定要吊在余一的脖子上,抱着去;事毕,又要余一给抱回来。同一病房里的人都当他们是情侣,有女孩独自卧在床上,男朋友不来照顾,便对书冉很是艳羡。余一觉得有些不妥,可也无力扭转这种情势——一个貌美如花的姑娘,热乎乎的身体就在怀中,作为一个年轻男人,谁会真心反感呢?

他这样照顾了书冉两天,想着出院后要去书冉那里陪护,便打算回去拿几件衣服,生活用具也要搬过来。书冉不乐意他离开,但余一的要求合情合理,她也只好放他回去。

出了医院大门,正是黄昏时分,抬眼望见树木都枯了,树枝伸向空中,活像干裂的手指在指着苍天痛骂。回想起书冉往返两次,本不是什么大病恶疾，可一举手一抬足，银子像哗哗的流水一般奔流到海不复回。尤其想到生殖泌尿科的那个医生，狮子大开口，相当没人性，余一忍不住也想帮着这树枝一起骂。

此时，路上的一个人引起了他的注意，那人站在医院大门边，嘴里喃喃着"提前预约"、"不用排队"、"降低费用"之类的词语，见有人进医院，就问人家是看哪个科。余一想，难道这人是某个医院的"业务员"，来这里争抢患者？那人见余一在看他，便过来问："朋友，看哪个科？"余一为满足好奇心，就瞎扯道："生殖泌尿科。"那人说："要不要帮忙挂号？不用排队，还能多一些诊疗时间。"余一想起那么多人聚集在一个小屋里，等待医生接见，真是个烦心事。而好不容易被医生召见，又被三言两语打发了，总有一种敷衍了事的感觉。这哥们提供的服务，还真"对症"。余一便敷衍道，已经挂过号以及诊断过了。那哥们说："没事，不还是没开始治疗吗？哥们可以帮忙降低费用。医生跟你说要多少钱来着？"余一便报出了那个天文数字。那人略一沉思，说："从哥们这里走，还是那个医生，可以降低这个数。"说着，伸出手指比划了一下。把余一吓了一跳："能省这么多？蒙人的吧！"那人微微一笑，跟余一说："要不，找个地方谈谈？喝点水，哥们请客。"余一说："不了不了，谢谢。我回去还要准备准备。真能省那么多？你说说是怎么省的，也好叫我相信。如果靠谱，我就找你了。"

那人将他拉到一个僻静处，说："长话短说吧。蛇走蛇路，鸟走鸟道，各有途径。我也不瞒你。咱们跟医生都是有联系的，你从我这里走，你能省下钱，但医生那里仍然有赚头，只不过利润要跟我分。你从医院正规程序走，医生仍然有赚头，可是虽然你交的钱多，他赚的钱却少了。大部分都被医药代表拿去了。明白吗？"

余一似懂非懂地点点头。

"就是说,有几种人跟医生合伙挣钱,我只是其中的一种。这几种人类型不同,各方利益分配比例也不同,我这一种,是对患者最有利的。"那人说。

余一便完全明白了。他并不完全相信这人的话,他想如果自己知晓了另外几种,可能还会更省钱,但目前只有两种比较:医院正规方,和他。从他这里走,确实是省钱多了。

他又问:"除了生殖泌尿科,你哪个科都能搞定?我如果有亲戚朋友看别的科,能找你不?"

"当然能!多多益善!和我有合作的医院不止这一家,今天不过是来这里拉拉生意而已。你要是介绍更多的患者来找我,尤其是重病患者,我跟你分钱。"

余一点点头,他想起书冉在医院里花了那么多钱,若是早点认识这家伙,说不定可以省一大笔。接着,他立马想到他的书,医院这趟浑水如果踩下去,将有无穷尽的素材啊,于是赶紧说道:"好,朋友你留个电话吧,我如果决定在这治疗,立刻联系你。"

回到紫穗山庄,他跟大家说了这个医托的事,还说了自己打听到的医药费。他想,以李定目前的收入情况,要攒够钱再看病,无异于强求蜗牛在一天之内爬到银河系外面去。刚认识李定时,余一曾对他吹牛说:"以后教你免费看病的法子。"此时想起来就觉得脸上发烧。

徐阿姨沉思了一会,说:"免费治疗也不是不可能。按照那个医托的话说,那个医生有固定的医药代表,如果咱们能找出那个从医生那里拿分红最多的一个医药代表,就有希望以极低的医药费甚至免费来看病。"

"怎么操作呢?"余一问。

徐阿姨用"山人自有妙计"的口吻笑道:"这你就别管了。咱们先想办法找出那个医药代表吧。"

余一想了想,说:"有一个笨方法,就是找到他给患者开的药单。针对相似的病症,上面若有一服药很贵,量很大,又反复出现,那无疑就是'瓜',咱们顺瓜摸藤。"

"可是,这种病的患者都很不好意思,怎么会给你看药单呢?"青青说。

余一说:"容易,咱们自己制造这样的病人"他看了李定一眼,"我和李定多去看几次病就可以了。"

他回到了医院,边照顾书冉,边开始了在医院的"卧底",目的是骗取那个医生开的药单。他和李定各去"看病"一次,拿到两张药单,果然发现有两种药反复出现,量大,价高。但为了得出更确定的结论,余一决定再去一次。他想到连着去两次,怎么着也可能会给人留下点印象,引起怀疑就不好了。于是决定故伎重施,乔装打扮后再去。他这么做,与其说是情势需要,倒不如说他"卧底"上了瘾。

成功拿下第三张药单,他走进医院厕所里,装作寻找"蹲位",检查了一番,没有发现人,便将厕所从里面闩住,对着镜子卸妆。余一松开头套,用手指揭开粘在脸上的痣子,突然看到镜子里出现了一个人——正是那个生殖泌尿科的医生!刹那间,余一的心脏"嘎嘣"一声,几乎停顿。但他立即想,幻觉,这一定是幻觉!刚才自己明明查看过的,没见"蹲位"上有鞋子啊,他是躲在哪里?不由得伸手揉了揉眼睛,但没错,就是他!那医生也认出了他,似猛然惊醒一般,嘴巴慢慢张大了。两个人在镜子里惊恐地对视了几秒钟,余一"霍"地转过身,跟他正面相向。

医生退了一步,指着他说:"你……你是谁,你想干什么?"随即将手伸向口袋,似乎是想拿手机。意图不言而喻,遇到危险,自然想到警察。余一一阵慌乱,脑袋里闪电般冒出个字眼:逃。但随即推翻了这个想法,原因是:不好逃。他"作法自毙",将门给闩住,算是把自己困在这里面了,要是这医生大声呼叫,自己是在劫难逃的。情急之际,灵机发动,他顶着松开的假发,重新粘好耷拉着的痦子,镇定地伸手把以前的记者证掏了出来,沉着嗓子命令医生:"别动,我是记者,你动一动我就叫你身败名裂!"

那医生惊惧地瞧着他,接过了记者证。余一注意到,这家伙手抖得跟患了帕金森病似的。不由得心中一宽:人若有了惧怕之心,那就什么聪明才智都没了,此刻要对付他,真如"发蒙振落耳"!

"你干的事我都知道了!"余一又先发制人。其实他什么都不知道,但他知道,这句话对付心中有鬼的人,百试不爽。他盯着那家伙的眼睛,喊出了他的名字:"钟达发。"

医生浑身一抖:"你,你想怎么样?"

"不想怎么样,这是上级的命令,叫我来暗地里调查你们吃回扣、乱收费的事。你干的那点事,你心里也清楚。如果我给报道出去,你会有什么样的后果,想必你也知道。你们医院的一个护士出了大名,大家正在盯着你们呢。我一捅出去,你就走着瞧吧。"余一悠悠地说。

他见钟达发的脸色一下子变得苍白,又接着说:"不过,公是公,私是私。要想我不报道,也不是没有办法。就看你上道不上道了。"

"上道! 上道! 你说。"钟达发跟抓住了救命稻草似的,神情急切又兴奋。他本就惯于跟各种人谈条件分蛋糕,听余一的口气,似乎想来揩点油,便立即看到希望了。

"好。你很聪明。到时候我再找你吧,现在先说到这里。"余一把痦子放回盒子里,摘下假发,打开厕所门。

他先走了出去,待钟达发出来,伸手拍了拍他肩膀,说:"没事,在下不是不通情理的人,只要你够意思,我绝不为难。"

钟达发尴尬地笑笑,说:"谢谢。"

余一便叫他自行其是,眼见他走进了"生殖泌尿科",赶紧转身钻进了书冉的病房。这才发现,手心里都是汗。

"怎么了?"书冉奇怪地问他。

"没事。"他说。他仔细想想刚才的行动,对照一下"敲诈勒索"等罪名,在心中判定自己无罪,才放松下来。又想起钟达发那不打而招的熊样,突然冒出个主意来:何不直接去找主任,也如此吓唬他一下,叫他交代与主编的勾当,那样便能在这群情激奋的当儿将主编扳倒,叫他千夫所指,身败名裂,岂不痛快淋漓地报仇雪恨了? 然后再抛出一篇报道此事内幕的文章,当世大名,便要成为自己的囊中之物了!

他激动得"啊"的叫了一声,吓得病房里的人都大吃一惊。然后也不管书冉的询问,便在众人的惊讶中疾冲出去。

打听到了主任的办公室,敲门进去,从里面带上了门。

那主任是个女的,脑袋是椭圆形的,且那椭圆横着摆放;发型是已故著名艺人沈殿霞的御用发型,两撮头发耷拉在椭圆两极,使脸蛋的宽度更加大于高度。余一从未见过如此怪模样的脑袋,不禁发了一阵呆。

"你是什么人,干什么的?""椭圆头"的声音冷硬无比。

"我是记者。"余一故态复萌，悠然而答。

"椭圆头"盯了余一一眼，拿起电话："保安，上来一下。"

余一一惊，他没想到主任的反应竟然和钟达发大相径庭，情急之下赶紧抛出杀手锏："慢着，你干的事我都知道了！"

椭圆又盯了他一眼，冷静地朝电话催促："快点上来，主任办公室。"

余一见势不妙，拔腿就跑。

"失策！"他想，"对付小喽啰的办法怎么能简单地照搬到匪首身上！人家是主任，见过大风大浪的，这点小伎俩能管用吗？"

一口气跑到书冉的病房，这次全身都湿透了。

"你搞什么鬼啊？"书冉问。

"没什么，我先搞了一个鬼，后来被鬼搞了。"

书冉出院后，两个人都放心了许多。这回吸取了教训，都小心翼翼地谨遵医嘱，按时吃药，按时休息。书冉偶尔再流血，两人知道缘由，也不再惊慌失措。一切都在朝好的方向转化。

在第三天的早上，余一还卧床未醒，书冉"咚咚咚"地砸他房门，焦急地大喊："快点出来，快出来！"余一以为出了什么事，一跃而起，也不及穿衣着履，赤着脚就跑去开门。却见书冉一身貂裘，英姿飒爽，满脸喜色："懒猪，快点，下雪了，好大的雪啊，我要和你出去玩！"她"哗"地拉开窗帘，登时开窗放入大江来，雪光耀眼，令人眼晕。

余一这时才觉得有点冷，跑回床上，盖上被子。"我才不陪你出去玩，你又忘了医生的话了，还不赶紧回屋里躺好。身体没恢复就想去玩雪，记吃不记打，我真是服了你了。"

书冉撅起嘴:"我感觉好多了嘛,身上有力气了。我从小到大就喜欢雪,我最喜欢雪了,我一看到下雪就高兴! 求求你了,陪我出去玩嘛,一会就回来。"

余一在被子里把裤子套上,穿好夹克,下了床。"不行,这次说什么也不答应你。快点回去躺好,我来弄早饭吃。"他见书冉失望的样子,又有点不忍,便柔声安慰道:"这雪一时半会不会化,而且还可能继续下,等你完全恢复了,再去玩那更厚更有感觉的雪,岂不是好? 听话,你要是乖乖躺回去,我一会就给你一个大惊喜,好不好?"他看书冉转动着眼珠子在掂量,就又给了点力:"巨大的惊喜噢! 你要是执意现在要出去,那就成巨大的遗憾了,你仔细考虑考虑。"

威逼利诱,总算把书冉弄回了房间。

早饭后,他叫书冉把她平时练字的墨汁宣纸拿了出来,书冉的毛笔字写得还不错,不过钢笔字就难看多了。可惜她的毛笔字徒有其形未见其神,大概是因为毛笔字与中华文化紧密相关,她对典籍素不留心,自然不能得书法之三昧。不过对一般人来说,这样的字也算是难能可贵了。他把这些文具搬进自己房内,说是要为制造惊喜做准备,目前不能叫书冉看到。如此讳莫如深,更叫书冉心痒难挠起来。

余一写了几个大字,放在暖气片上烤干墨汁,折好,装进衣兜里。出来告诉书冉说:"我现在要出门,你乖乖躺在床上等我回来,不能开门,不能开窗,不然这个巨大的惊喜就会像一个巨大的肥皂泡,被你'砰'地就捅破了,你说可惜不可惜?"书冉听说,赶紧闭紧了门窗,钻进被窝里,连叫:"快点快点!"

余一便跑了出去,忙活了一阵,乐呵呵地跑回来了。

"惊喜呢? 惊喜在哪里?"书冉从被窝里坐了起来,看看腕上的表,"这都快一个小时了,急死我了!"

"你现在打开窗户,朝院子里看。"余一笑道。

书冉赶紧开了窗,往下一看,只见楼下的院子里有一只用雪堆成的憨态可掬的大熊猫,正仰着头对着书冉的窗户,双掌伸开,举着一张纸,上书:"祝书冉早日康复!"好多孩子围着那熊猫,给它的脚多加点雪,把它的背抚得更光滑些,嘻嘻哈哈的,好不热闹。

书冉"啊"地一声尖叫,说:"我最喜欢熊熊了,我好喜欢! 多谢大叔,呜呜呜……"她居然"喜极而泣",抱着余一哭了起来,边哭还边用拳头打余一。

闹了好一阵子,才慢慢平静下来。她揉揉眼睛,自觉有点不好意思,说:"你别见怪,我一见雪就忍不住激动。这些眼泪不在这时流,也会在雪地里大叫大笑大哭,免不了流出来的。对了,你的手怎么这么巧,做的大熊猫好像啊。"

"小意思。"余一笑道,"我们小时候一下雪就堆雪人,堆得多了,熟能生巧,什么造型都能造出来。后来慢慢长大,倒是有好多年没心情一展所长了,今天还要谢谢你,叫我重温了童年时光。——对了,为什么这么喜欢雪啊?"

"我也不知道,好像跟老天爷有默契似的,他一下雪我就情绪失常,就笑,就哭。多少年都是这样。我高中时背过一段散文诗,平时想不起来,一到下雪就会想起来。你想不想听,我背给你听听,但你不要笑我。"说到最后,书冉有点羞涩,跟个小女孩似的。

"不笑不笑,快背。"

于是她背道："一夜大雪飞飞扬扬，掩埋了来世的路径，无法也无处逃避，就把所有的心情谨慎地盛开进今生。笛里清音，在暮霭沉沉中逐渐荒芜，疯长成浸骨的寒冷，只为守候一个暖暖的梦。"

"纯粹文字美术，不过确实很美。"余一评论道。他想，这场大雪真是"一改江山旧"，蓦然显现了书冉的另一面：纯真，甚至可以说童真。他发现书冉的心底也有一个梦，关于纯洁和美丽的梦。这个梦如此隐秘，甚至连她自己都忘记了，只有大雪飘落，才能将它诱发出来。

一时间，余一竟然有点感伤。

他见书冉渐渐康复，情况也越来越稳定，就跟她说自己想回去看看，顺便叫徐阿姨来看看她。徐阿姨是过来人，有经验，可以更科学合理地照顾她。书冉不乐意："你那里有什么可看的啊？不就是一个蛋嘛！"余一说："金窝银窝，不如自己的狗窝嘛。嘿嘿，你这里确实很好，不过那个小蛋才是我自己的家。当然了，如果用赵本山老师的话来说，房子修得再好只不过是个临时住所，那个小盒才是永久的家啊。"书冉撅起嘴："你就是不能多陪我一会。"余一说："叫徐阿姨来陪陪你也挺好嘛，她很喜欢你，正好下雪了，她们肯定放假。"书冉虽不乐意，但看出余一去意已决，不好再勉强，便说："不要劳烦徐阿姨了，我叫我妈来。"

余一离了书冉那里，"咯吱咯吱"地踩着雪，独自朝车站走。到了车站，他并未停步，又继续朝前走了一站。他想在这银装素裹的天地里多待一会，多想一会。他想到了妈妈，自从大学毕业后只身入京，已经三年没见到她了。一切都因为一句豪言壮语：要是不在北京混出个样儿来，绝不回去见她！可一年年过去，与他一起毕业的同学都是芝麻开花节节高，自己却成了李佩甫笔下的"败节草"，每况愈下。

照这样发展下去,难道要像《天堂电影院》里的多多,用三十年时光博得个名满天下无人不知,然后才衣锦还乡,低下已满头飞雪的脑袋向白发皤然的老母谢罪吗?

他摇了摇头。"岂可怀忧丧志。"他用一句无力的励志套语安慰了自己。

回到紫穗山庄,三个蛋皆被白雪覆盖,"蛋壳"的本色一概不见了。李定正在余一的蛋里玩电脑,看见余一回来,很不好意思,赶紧关了几个网页,但忙中出错,还是有一个网页留在了桌面上。余一知道李定又在找"精神伟哥"了,哈哈一笑,赶忙说:"别关,我正想看看这姑娘又写了什么。"原来这个网页是余一收藏的一个女作家的博客,余一常常去看的。此女名叫咪咪,二十三四岁,少数民族。就长相来说只能属于中等偏上,不过她有一对骇人眼目的双乳,并以此为傲。她每在博客里发照片,一定要千方百计地秀。横看成岭侧成峰,远近高低各不同。余一读过她为自己的书写的自序,那时尚未见过她的照片,但已从字里行间知道此女胸部不凡。她字字句句,旁敲侧击,聚沙成塔,积土成山,以高超的文字技巧使你眼前浮现出一对 Z 罩杯巨物来。余一知道李定爱看这个,就故意一幅幅地点击她的照片。边看边想,众人总讽刺她是"下半身写作",其实是严重错位了,她压根是"上半身写作"。

她的链接里还有另一年轻女作家的博客。这个人名气也很大,且成名更早。据说她与咪咪是某文学院同学,所以与咪咪常常彼此月旦,互相帮衬,不知是狐假虎威,还是虎假狐威。她与咪咪很有默契,咪咪刚在新博文里发一张半裸照,她就像贝克莱不满意休谟的半遮半掩的怀疑论,从逻辑上给一推到底——赤条条地出镜了。余一想,咪咪是上半身写作,这个姑娘是全身写作了。

两人看完这些图片,李定似乎因受到刺激而想到了什么,突然说:"一哥,我昨晚听到女人的叫喊了,就像以前青青说的,隐隐约约的,不是很清晰,可确实是有。青青也听到了。"

余一一惊,问:"徐阿姨也听到了吗?"

李定说:"我们早上问徐阿姨,她说没听到,说我们可能是幻觉。可我们仔细回想,确信不是幻觉。"

余一想,这真是蹊跷,他相信李定说的,自己也曾听到过。可这女人的叫喊到底来自何方?

"而且,这种喊声,很奇怪……"李定说。

"怎么奇怪法?"

"就是……虽然是叫喊,可听着不像是疼痛,反倒像是……舒服。叫人听到耳朵里,很想……那个啥。"李定吞吞吐吐地说。

"很像在干那事时女人的呻吟?"余一问。

李定点点头。

余一心想,能让一个有勃起障碍的人都这样,那叫声真是够销魂的。可这里离居住区很有一段距离,即便是有人声音很大也传不到这里来呀。

难不成真是女鬼?想到最近一连串的奇异之事,余一感到头皮一麻。

他给唐醋发了个短信,讲述了这一情况。他说:"我对这件事很困惑,甚至有微微的恐惧。希望能弄个水落石出。如果有时间,希望见面详谈。"

唐醋回道:"中午十二点半,上地肯德基。"

第七章　浮生偷欢

　　两人是在肯德基门前的公交车站碰到的。余一见唐醋穿着一双粉红色的棉靴,在白皑皑的雪地里,显得特别鲜嫩动人,忍不住衷心赞美:"欲把唐醋比西子,装老扮嫩总相宜。"博得唐美人粲然一笑。

　　两人找好位子坐下,唐醋问他想吃什么,她去买。余一说:"应该是你吃什么,我去买。"

　　"我请你来的。"唐醋说。

　　"不管谁请谁,反正在这个肯德基里我是一定要付钱的。永远,不管跟谁一起来。因为在这里面有一个悲惨的故事,一会我告诉你。"

　　唐醋脸上有笑意闪过,不过她使劲憋住了。"你怎么到处都是故事。好吧,你去买吧,我要两个鸡腿,两个蛋挞,一杯可乐。"

　　余一买来后,坐下,掏出纸笔,说:"我说得没有写得好,正好这也是我要在小说里写的,你先吃着,我一会写出来给你看。"

　　于是他写出了这么一段:

　　　　说好了我请她吃肯德基,但我此前从未吃过肯德基(出身乡村,没办法),所以对里面的情况一无所知。坐定之后,看到服务员久久不来招呼,心下诧异,悄悄问马以:为何服务员对顾客视而不见？马以目瞪口呆，随即抿嘴一笑，说肯德基里点餐是自助的。我羞惭不已，说原来如此，看来你对这里很熟悉，那么就请你去点餐吧，你要什么我也要什么，吃完后我结账。马以瞠目结舌，但还是默默无言地去了。须臾，她端了两份返回，我们边吃边聊。……东西吃完，我看外面天气很好，便提议出去走走，她欣然同意。这时一个服务员路过身边，我便掏出钱包，说：结账。服务员一头雾水，说：结……结账？我们这里是到柜台上，边点东西边结账啊。——我扭头去看马以，她脸上洋溢着温柔的微笑……我恨不得找块海绵，当场撞死算了。

唐醋看完，"扑"地笑了："这个，是真的？"

"百分百真的，就在这个肯德基里。只不过不是和'马以'，而是和洛宛。不信你下回问她。"

唐醋用右手捂住嘴，前仰后合地大笑。余一冷静地看着她，也在心里大笑。他这压箱底的"肯德基故事"无论谁都抵挡不了，屡试不爽，百逗百笑，现在再一次得到验证。

"这么说，这里是你的伤心之地了。难怪你一定要付钱，看来是想把心上的这个伤疤给补上啊。哈哈……"

"知我者酉昔也！不过咱们现在说正事吧，听李定说，昨晚她和青青又听到女人的喊声了，但徐阿姨没听到。"

唐醋问："你昨晚不在家？徐阿姨现在已经和你们住在一起了吗？"

"是的。"

唐醋沉吟不语，半晌才说："确实很诡异，找机会我去你那里住一段时间,听一听。对了,你卧底的情况怎样了?"

余一本想再说说别的奇异之事,唐醋既然已经问到了,只有答道:"现在已经卧到了一个乞丐窝点里,证实了果然是有丐帮存在的。这个丐帮等级森严,想登堂入室直接见到'帮主'恐怕还要些时日。"

"说实话,之前你一门心思去卧底,我觉得你有些神经质,后来和洛宛聊过才明白这是你一贯作风。我问你啊,你有没有在火车上跟人打过架?"

余一想了想:"打过,还不止一次,你说的是哪一回?"

"还不止一次! 你真是社会不稳定因素! 那次你跟洛宛乘火车,和你们对面而坐的是个漂亮女孩。有个家伙,敞着怀戴着粗大的一根黄金项链,他过来把那女孩身边的乘客强行换走,然后用言语挑逗那女孩。那女孩很害怕,便趁着上厕所的当儿跟别人换了座位。但那个金项链又黏了过去,还动手动脚的,你看不过去,就说:'人家都躲着你了,你还这么纠缠人家,有意思吗?'那金项链骂你多管闲事,你就跟人打起来了。从车头打到车尾,衣服都打烂了,惊动乘警,才把你们分开。后来车里的人纷纷为你作证,那家伙就被扣了起来,还赔偿了你的衣服。"

"噢,这件事啊,嘿嘿嘿,有。这是我还在做好人时的得意之作,怎么能忘!"

"还得意之作呢,洛宛很为这件事生气,你知道原因吗?"

"对啊,她生了很久的气,我都不明白。为什么? 她告诉你了?"

"她说你不爱她,因为你如果爱她,是会为她珍惜自己的生命的。"

余一差点把嘴里的可乐给喷了:"如此说来,现在深深爱着她的人,公安战线上的刁友乾同志,是个怕死鬼?"

这下轮到唐醋差点喷可乐。

"所以说洛宛不理解你。不过她有一句话我挺赞同的。"

"什么话?"

"你拿笔写字的时候超级迷人,打斗却不是你的长项。重点是前半句。"

"嘿嘿嘿……"

"我还问你一件事,你诚实回答。如果你当初听从洛宛的话,去考个公务员什么的,让自己稳定下来,你们现在恐怕已经结婚了吧?"

"也许吧。不过我和她到底不是一路人,即便不在这件事上有分歧,也会在别的事上产生裂痕,分开是难免的。所以早点分开也是一件好事。"

"那你就准备这样漂下去,一直做蚁族?人家蚁族好歹还有个蚁窝,你连窝都没有,就拖着一个蛋壳跑来跑去,顶多算个蜗牛族。"

"哪有人想无休止地漂下去!我只是一直很迷茫,找不到方向,不过,慢慢地我似乎找到了……"

这时他脸色突然一变——他发现门外有个熟悉的面孔。他赶紧低声对唐醋说:"下面我无论跟你说什么你都不要吃惊,也不要左顾右盼,就保持这样跟我面对面的姿势,明白吗?我一会跟你解释。"

唐醋脸色微变,点了点头。

"有人在偷拍我们,在门外,那家伙我一直想抓住他。"他向唐醋描述了那人的长相,问她:"有什么办法不用扭头也能看清他?"

唐醋想了一下,从兜里掏出个小梳妆盒,打开,装作梳理头发,从盒子里的小镜子朝外看。

"他正准备走,快点跟上。"

余一"忽"地站起来,兔子一般朝外蹿去。

周围的顾客被余一吓了一大跳,但他刚跑出门,那人就钻进了出租车,扬长而去。看来车子是早已发动好了的。

唐醋跟了出来,问:"怎么回事?"

余一便跟他说了书冉总是被人偷拍的事。"如果说他之前拍我是因为我和书冉在一起,他拍书冉时连带着把我也给拍了。可这回为什么专门来拍我呢?"余一百思不得其解。

唐醋也不得其解。想了半天,笑道:"书冉不是说他是变态粉丝吗? 变态人的心理岂是正常人所能猜度的? 下回将他捉住,就一切清楚了。"

"但这个人也挺笨的,数次被发现,还差点被抓住,怎么一点不知道改进方法? 如果用个长焦相机,离我们远远的,神不知鬼不觉就能偷拍了,不是安全许多吗?"

"只有一种解释:这人确实有点笨,只会使用手机或者普通相机,而且非要近距离拍摄不可。他有这个特点就不愁下回抓不住他。"

余一说:"有道理!"

第二天晚上,大伙齐聚蛋内,余一跟徐阿姨通报了在医院里发生的"狭路相逢"的事,正要商量怎样展开下一步行动,李定突然吞吞吐吐地说:"徐阿姨,一哥,我想,我还是不去医院看了。"

"那怎么行,一定要看的,药费你不用担心。这不是想到办法了嘛。"徐阿姨说。

"不是的,不是担心药费。而是……我好像好了。"

"好了?"余一和徐阿姨异口同声,"怎么好的?"

"这个我跟一哥说，总之，不用去医院啦！对不起一哥，我不是故意要你的，而是……刚刚发现好的。"

余一哈哈大笑："一点关系都没有，你好了就好，天大的好事啊！"

等无人之时，他问李定："到底怎么好的？你确定是好了吗？"

"不是说久病成医嘛。我想我的问题主要是心里的想法问题，就是一个放不开，觉得丢人。但你给我看了那么多'作者'写的文章，我就想，这些'作者'写起这些事情来一点都不害臊，可见这不是丢脸的事。我就慢慢地好了。尤其是你前一段时间给我看了那两个女作者的照片，我一想起来就冲动，也不用看别的'作者'的文章了。我想，我是好了。"

余一了解的文坛掌故多矣，从未见如此之奇者。负责精神文明建设的作家们居然能对医疗领域也产生积极影响，居然治好了顽固性性功能障碍者！不由得拍手大笑："好好好！恭喜恭喜！我以后有机会见到这两位美女'作者'，一定代你表示感谢！"

白去医院忙活一场，但余一还是收获良多：他将这件事从头至尾详细记下，登时成就一篇好文章，收入《神都闻见录》，命名为《作家与春药》。

过了几天，书冉打电话给余一："喂，大叔，小余子，快点来照顾哀家！"

余一说："你妈妈不是来了吗，她不能照顾你？"

"我把她轰回家了，烦人得很，自己在外面有男人还有脸教训我！别提她了，你快来嘛。"

余一只好又去了书冉那里。

他在车上想起了书冉的裸体,真美,比例协调,皮肤嫩白。自己若能一亲芳泽,那真是无上艳福。然而,他又想起读了几百遍的《挪威的森林》里渡边的思想活动:"作为我,何尝不想把绿子剥得精光,分开下肢进到其温暖的缝隙中去。为克制住这种强烈的冲动,我不知做了多大努力。"此时此刻,他真有点羡慕那些男人,包括令书冉怀孕的那个不知姓甚名谁的男人,他们可以那么无顾忌地分开书冉下肢进到其温暖的缝隙中去,自己却要努力克制这种强烈的冲动……

到了她家,书冉还没有吃饭,她说她本来饿得要死,就等着余一来给她买饭,可现在竟然不饿了。

"为什么呢?"余一问。

书冉说:"吞咽自己的口水,把自己喂饱了。"

余一大笑:"当年谭嗣同在英勇就义前,曾赋诗云'忍死须臾待杜根'。你真有壮士遗风,忍饿须臾待余一呀!"他跟书冉说了徐阿姨和青青一起对伙的事,书冉也觉得合适。她突然说:"你搬来跟我一起住吧,行吗?我不收你房租,还给你做好吃的。"

余一笑道:"那我岂不是成了你的门客?可惜你不是孟尝君,有食客三千,我可以厚着脸皮在其中滥竽充数。再说孟尝君有军国大事可谋,一旦有机会我可以毛遂自荐,脱颖而出,博取个封侯荫子,在你这里却没这机会……"

书冉说:"那我每个月付给你工资,你什么都不干,就在家里写你的书,可以不?"

余一差点把嘴里正嚼着的饭喷了出来:"从食客降格成包养了!颜面何存?不干!"

书冉撅起了嘴:"就你讲究多!"又突发奇想,旧事重提,道:"那我也造个蛋,跟你们住一起!"

余一断然拒绝:"不行!"

"为什么不行? 徐阿姨和青青都能和你住一起,为什么我不行?"

"你那么好的房子不住,跟我们瞎掺和什么啊?"

"可我想和你在一起。"

余一愣住,两人对峙几秒钟,余一决定什么都不说,对她的建议来个不理不睬。他走到窗户边,拉开窗帘,发现由于又下了雪,自己堆的那个雪熊猫长胖了许多,眼睛鼻子都胖得模糊了,手里的横幅也被雪浸湿,漫漶不清。书冉笑嘻嘻地说:"你下去重新给它瘦瘦身,换个标语。我已经写好了,每天换一张。"说着拿出了好几张标语,写的是同一句话:"祝书冉越来越漂亮!"余一果然跑下去给换上了。

第二天早上,发现小熊旁有谁用雪堆了个灰太狼,手里也举有横幅,上面写道:"求书冉美女现身一观。"余一笑道:"怎么办,有'色狼'要看你。"书冉说:"怕什么,看就看,本姑娘长得又不寒碜!"她于是写了一张横幅,曰:"明日上午十点,准时出现。"

第二天快到点时,余一有点忐忑不安:"我说,你真要下去? 你身体没康复,不宜出门挨冻。况且,如果那'色狼'有不轨举动怎么办?"

书冉边打扮边说:"没事,我穿厚点,一会就回来。大白天的他能干什么? 你要是不放心就跟我一起下去。"

"我可不干! 没有姑奶奶你这么好的心理素质!"

于是九点五十九分,书冉"噔噔噔"地跑下去,刚好于十点整出现在熊猫与灰太狼的中间。由于经过一天宣传,周围几栋楼的人都知道了这件事,余一看见好多窗户都开了,好多张脸都在笑嘻嘻地朝下看。书冉毫无怯意,微笑着仰起脸,朝余一挥手。她穿着一件雪白的大衣,腰间束一条带子,越发显得身材窈窕动人。乌发似墨,眉目如画,俏生生地立于雪地中间,美得像一个梦。四周楼上喝彩声大作,有人叫好,有人吹口哨,还有人居然放起鞭炮来。大雪天里,众人无事燕居,放手一乐。余一也被感染,开了窗朝书冉挥手,大叫道:"美女,可以上来叫哥们抱一抱吗?"书冉配合地叫道:"可以,你在哪一层?"余一说:"和你斜对门。"书冉说:"好,那你等着。"于是跑了上来。众人没了美女可看,注意力集中到余一这里来,登时喊声止息,嘘声大作。余一想,这下犯了众怒,大事不妙,便赶紧闭了窗子,拉上窗帘。

众人在窗外兀自怒嘘不止。

余一就这样在书冉的家里过着"宽敞"的生活。过了两天,余一在写作时要引用某句话,书冉这里却一本书都找不到。他焦躁起来,跟书冉说:"我受不了啦,在你这里写东西总是没感觉,我要回去。"奇怪的是,这次她并不挽留,只是回房拖出几个大包小包,说:"走,我跟你一块去。"

余一诧异道:"这些包是什么意思?你要搬家?"

"算是吧,我要去你那里住。"

"跟谁住?那里的房子都很小,你跟谁都住不下啊。"

"这个不劳费心,去了自然就知道了。"

余一满心狐疑地跟着她回了紫穗山庄,一看,大吃一惊:原来在自己的"宅基地"上又多了两个蛋!这两个蛋是新造的,还没被白雪覆盖,所以"蛋壳"的颜色不是具有隐蔽功能的军绿色,而是十分扎眼的粉红色!余一说:"这这……"书冉哈哈大笑,说:"我知道要是提前告诉你,你肯定会唧唧歪歪,这也不行那也不行。索性就不告诉你,来个先斩后奏！我把钱给徐阿姨，叫她来替我张罗。那个人叫梅什么来着？李定不是有他的手机号码嘛。他也帮我做了两个蛋，一个是卧室，一个是厨房。我也要和大家对伙，但是人多了，在某一人的屋里吃饭不方便，所以造个专门的厨房兼餐厅！我天才吧？我还叫徐阿姨给那人钱了，一方面算是工资，更重要的是'封口费'，叫他不要提前告诉你！嘿嘿嘿……"书冉得意地笑。

余一对这姑娘真是无可奈何，他问："你那房子住得那么舒服，这又是何苦呢？"

书冉说："我那既然这么舒服，你为什么不愿意在那住？"

余一说："那又不是我的房子，我在那住没名没分的，再说，你那里没有我需要的书。"

书冉说："所以说啊，你不愿意在那住，总是有原因的。我想搬过来，也是有原因的。在那一个人太闷了，这都快过年了，我又不想回去，总不能一个人过年吧。所以我要过来和大家一起过年。"

"大张旗鼓地造俩蛋，就是为了和大家过个年？你们有钱人真是不一样。"

"这里算是哀家的'行宫'，以后我想什么时候来就什么时候来。嘿嘿嘿……"

余一却在心里叹息：要为我"献蛋"的"死士"又增加了一个。到时候五蛋齐碎，是多么惨烈的景象，和田横的五百壮死齐齐自刎有异曲同工之妙……

他们为书冉的到来举行了盛大的欢迎仪式：青青和徐阿姨联合下厨，做了一顿丰盛的晚餐，在新落成的"餐厅"里享用。在这之前，余一参观了书冉的"行宫",果然用料和众人的"民宅"不同,众人以节省为本,她是以奢华为心。里面的用具也很特异:蓄电池是特大号的,还是两个,每充一次电都要雇人来用车拉,这保证她可以用电烤火,不至挨冻。电脑桌、小电视,一应俱全……

余一想起唐醋说正义之士里有人对这些蛋虎视眈眈,必欲碎之而后快。所谓"天聪明自我民聪明",正义之士们之所以虎视眈眈,是因为这里有居民虎视眈眈,所以实在应该低调行事。如今一场大雪沸沸扬扬,将蛋们化为乌有,实在是上天垂怜,再好不过。没想到书冉半路杀来,盖了个鲜艳招摇的粉红色小屋!虽然她有能力搞定正义之士,但总归是太嚣张了。

无论如何,既来之,则安之。从乐观的角度看,书冉的到来竟有点适逢其会的意思——过几天就是春节,应该是将一年的快乐集中消费的日子。俗话说,三个女人一台戏。现在徐阿姨、书冉、青青三人凑齐,每天都有好戏上演。一块出去逛街啊,合力置办年货呀,叽叽喳喳,热闹非凡。余一偶尔去参与一下,除了耳膜差点受损之外,整体感觉还是挺有意思的。自己当初说了个"一生二,二生三",如今真的生出了五个蛋,不知新年来岁,还会发生怎样的事情呢?还会不会继续"生蛋"不休?

大伙一起过了个热闹的除夕。

席间喝酒,每人都说一段祝酒词。徐阿姨年尊,先说,但她说的多是套话,虽然不乏真诚。余一笑评,徐阿姨的发言很有政治家的风采。李定代表青青发言:"不到两个月的时间,发生了不少事,认识了这么多好朋友,这是在来北京之前做梦都想不到的。旧的一年过去了,新年就要来到,我相信,在新年里,我们会越来越好!"李定说这话时踌躇满志,如果不是他杯中之物还没减少,余一几乎怀疑他是醉了,不像是平时木讷低调的李定。青青可能是过于兴奋,忍不住告诉余一:"我和李定都辞职了,徐阿姨给我们找到了新工作。"

"啊? 真的? 什么工作?"

徐阿姨笑着说:"是物业公司要开拓新业务,招聘外联,我就推荐他们去了。工作轻松,又能跟外界接触,能锻炼能力,报酬还不错。"

"那不错呀!"余一也为他俩高兴起来。

接着,书冉开始说祝酒词:"小时候都是在家里跟妈妈过年,长大后多是一个人过,年总是过得冷冷清清,十分没劲。今年和大家一起,倒是一种从未有过的体验,很好,很开心。我很高兴认识了你们,你们都真诚、善良,和你们在一起非常舒心。希望大家永远是朋友!"

最后,余一做总结陈词:"大家都说得很好,很让我感动。回顾这几个月来,感觉真有戏剧性。我本来一个人走在路上,滚着蛋,唱着歌,突然之间,你们就从天而降。所以此时此刻,我只想说:有你们的日子,就是好日子! 还想说:希望来年能继续在一起,不要再'滚蛋'。"

大家都笑了起来。徐阿姨说:"阿姨给你一句话:不会再'滚蛋'了! 放心吧。除非咱们自己想搬走。来,大家举杯,欢度春节!"

气氛热烈又快乐,大家频频碰杯。

其间,众人的手机铃声此起彼伏,都是春节的祝福短信。余一在那些花里胡哨的短信的海洋中,忽然发现一个陌生号码,词句也不花哨,只有三个字:新年好。心下诧异,给这个号码拨回去,对方却不接。他更加好奇,便发短信问道:"你是谁?"对方良久才回:"洛宛。"

余一的心脏猛一痉挛,呼吸登时停滞。好久不联系了,当初分手的时候，自己在剧痛之下，换了手机号，将她的电话、QQ、邮箱，一股脑拉进了黑名单，以为此生此世不会再有瓜葛，却不料山不转水转，两人到底又狭路相逢。余一盯着那个名字，发呆良久，想回复却又不知如何回复，最后竟犹犹豫豫地摁下了"删除"键，并按下了"OK"。

让那些不堪回首的断章残篇随着刚刚过去的旧年华飞到九霄云外吧，他已经勾勒出了《蛋》的部分轮廓，已经写出了《医者商贾心》，已经完成了《作家与春药》，还有更重要的《满城乞丐》正待谱写。新的一年，是他必须蜕变的一年，他要完成给自己的任务，他要对自己有所交待，他迫不及待地想看到在这一切的尽头，那个全新的自己会是什么样子，待到这时，再去面对洛宛，给所有人一个响亮的耳光。

年初一，他奔赴丐帮某分舵，踏上了这二十几年的生命中，最惊心动魄的旅程。

第八章　混迹分舵

　　余一刚刚见到络腮胡子，他就向络腮胡子申请，由"兼职"升级为"全职"，正式加入丐帮。而络腮胡子经过前段时间的考察，对余一的"德"与"能"均感到满意，于是当即同意。余一"重操旧业"，与之前的"亲人"再度合伙。

　　余一设想的是，成为全职乞丐后，他的生活状态发生了巨大的变化——不能再返回紫穗山庄，不能使用手机与外人联系。不能回蛋倒还好，余一四处蹭睡，随遇而安，紫穗山庄对他而言不过是个稍微多驻足的驿站而已，不能回那蛋壳里做"蛋黄派"，并不是不可忍受之事。但不能使用手机，与外界隔绝联系，这却很要命。别人还不怎么样，书冉要是长久找不到自己，那可真会"不知伊于胡底"的！想到书冉，心中顿时升腾起一股暖意。这姑娘对他有莫名好感，娇痴亲昵，体贴关照，虽然不是情侣，却比情侣有更温馨之处，如今可能要长久不通音讯，怎能不告而别？他便央求络腮胡子，返还他的手机，最后发一条短信——他可以在旁边监视短信内容。络腮胡子答应了。

　　于是他对书冉说自己突遇变故，要回老家一趟，手机暂时停用。返回日期待定，到时再将情况一并告知。他知道书冉会立即拨电话过来，短信发出，便关了机。

　　余一想，书冉会把这个情况向众人传达，徐阿姨等人不必专门通知了。

于是,余一安心做起了乞丐,每天和"亲人"上街乞讨。

有一天,两人一如既往地在"上班",正在百无聊赖之中,对面的街道边突然来了两个人,其中一个将一条破席子摊在地上,朝上面一躺,用被子蒙住了全身;另一人将一个牌子放在身边,再拿出一个破盒子,"扑通"跪倒在地,低头不起。余一想,这不是我们的山寨版吗?这是来踢馆子来了。但丐帮内是不允许有竞争存在的,各个分舵有自己的势力范围,不会越界行动。如果有帮外人偶然入侵,那结果无非是两种:一是拍屁股滚蛋,二是被吸收入帮。他以为,在暗中监视的人员会很快出面,然而整整一上午,对面风平浪静,那对乞丐不声不响地将破盒子里的钱不断装进兜内。"难道是络腮胡子布置的?怎么也不提前打个招呼呢?"余一心里疑惑。

晚上回去,他将收入如数上缴后,问络腮胡子:"今天对面来了两个,跟我们一样的,不知道……"

"我知道,别管他们。"络腮胡子皱了皱眉头。

余一便知道那两人不是他安排的。

这个丐帮的规模,整个城市都在他控制之下。所有在这里讨生活的职业乞丐,可说"普天之下,莫非王臣"。即使有个别的散兵游勇,也像自己的蛋形蜗居一样,只能在丐帮的管理漏洞中滚来滚去,并不能形成一股势力。如今各个分舵忽然对不属于自己的乞丐束手无策,任凭他们在自己的地盘上虎口夺食,实在叫人相当费解。

余一推测半天,恍然明白,脱口而出道:"朝中出现权臣了!"

这话别人听来不知所云,但是络腮胡子明白,他眼神复杂地看了看余一,没有说话。

接下来几天时间，余一和"亲人"的乞讨方式一成不变，对面那"权臣"安插的人却花样百出：有时和自己一模一样，有时扮演大学生，有时还有人来拉二胡，发出的声音叫人头皮发麻。余一想：有一句话叫"以不变应万变"，还有一句话叫"穷则变，变则通，通则久"，"权臣"在实践后一句，而帮主则在执行前一句，就看这两种道的斗法，最后是谁获得胜利吧。

时间水一般流过，不知不觉间，雪化了，空气暖了，柳条有润泽之色了。村上春树在《挪威的森林》里说："我能感受到世界的脉搏在身边跳动不已。"可余一却感觉世界似乎已经死去，脉搏全无。他年少时读琼瑶，见她很爱引用托尔斯泰的一句话："我躺在河流的底层。"余一如今心有戚戚焉。丐帮一入深似海，从此萧郎是路人。长大大地，那多姿多彩的各种可能性都与他无缘了，他已经被剥夺了自由。有一天，余一想试试自己活动的范围有多大，就在"工作"时间里，突然起身，朝相反的方向走去。刚走了几十秒，就有一个人过来，堵住了他："你干什么？"余一说："找厕所，拉肚子。"那人说："那边有厕所，为什么要朝这边来？"余一说："那边厕所很臭很脏，我想看看有没有干净点的。"那人懒得跟他废话，生硬地命令他："不行，回去！"

管天管地，管不着人拉屎放屁，但乞丐们的拉屎放屁，也被严格限制起来了。

他本是想慢慢朝丐帮高处走，直到见到帮主，然而现在根本不得其门而入。要想见帮主，只有两种途径，一是得到提升，到分舵主的位置——但分舵主也未必行，络腮胡子就不能常常见到帮主；只有到长老的地位，才能常伴帮主左右。然而自己作为一百袋弟子，就像一枚九品芝麻官，何时才能熬到宰相那一级呢？另一种途径是自己的事迹能上达天听,引起帮主注意,破格召见自己。然而像他这样的角色,在丐帮里多如牛毛,俯拾皆是,且行动受限制,根本不可能有什么丰功伟绩可以震动帝垣。更郁闷的是,现在即使想退步抽身,也十分不易,因为每时每刻都被紧密监视,且你无法得知监视者在哪个方位,也不知道监视者是谁,有多少。

"亲人"说,有不少人试图逃走过,但结果,身体完好者会被打成残疾,本有残疾者会雪上加霜,甚至会被打死。所以,没有完全的把握,是不能轻率地逃跑的。"而且,在这里待得越久的人,越不想走了。"

"为什么呢?"余一大奇。

"不甘心呀!干了那么多年,应得的'提成'全在帮主那里,要是跑了,就一分钱拿不到了,那不是白干了?"

"那如果不跑,能拿到吗?"

"亲人"不回答,只是发出一声沉重的叹息。

余一又问道:"我觉得挺奇怪的,你瞧我们在这里'工作',身边人来来往往,难道就没有人瞧出蹊跷来?为什么从来没有警察来抓咱们呢?"

"亲人"告诉他:有警察在罩着丐帮,所以才能这么放心地在这"工作"。

卧底这么久,自己的猜测终于得到了别人亲口证实。想到这一点,余一陡然着急起来。自己在这里默默无闻地做一个百袋弟子,什么时候能接触到丐帮的核心机密?什么时候能揪出那个幕后黑手?不能再按部就班了,必须想办法,必须学习那个神秘的"权臣",穷则变,变则通。

他开始琢磨对面那些"同行"们。近来常常听到帮友们的抱怨声,说他们得寸进尺,挤占了不少地盘。看来他们是想慢慢蚕食帮主的"基业",其心叵测。帮主肯定对这情况有所耳闻,他能坐视不管?

余一想,也许这是自己的机会。自古乱世出英雄,王莽不篡位,便不会有光武;桓玄不作乱,便不可能有刘裕。很多开国之主都是在平乱之中逐渐壮大,最后取旧主而代之的。自己虽没有这个野心,但是借机建功立业,以求得见帮主,并不是不可能的事。而最好的晋身之阶,非络腮胡子莫属。

于是一天晚上,他趁大家都在议论有人"抢生意",怨声四起的时候,悄声对络腮胡子说:"如果那人只是想跟帮主分一杯羹,能够和平相处,那自然好。但恐怕事情不会那么简单。我先说一句话搁这里:如果他派自己的人安插进各个分舵,那时候帮主就有危险了。覆巢之下,岂有完卵,大哥您更是要想好何去何从。"

"什么意思?"络腮胡子问。

余一先不答他的话,反问道:"这个分舵是您说了算吧?"

络腮胡子点点头。

"但愿我担心的不要发生。"余一说,"如果过一段时间,有人来朝这里安插人,分你的权力,或者直接给你安个上级,那时候咱俩再商量吧。"

余一认为,篡位者的招数不外有两种:一种是直接发动宫廷政变,一刀把皇帝给弑了,然后自己粉墨登极。这种情形是庙堂上血雨腥风,地方安然不动。另一种招数是,先在地方上培植经营自己的势力,彼消此长,直至皇帝的实力被大大削弱,号令不出国门,那时再高举大旗,杀入京师。现在看来,这个丐帮内的权臣使用的是第二招。

此后余一继续"上班",但是内心不再苦闷。他感到世界死而复生,真的如村上春树所说,能感受到它在身边跳动的脉搏。由于有人竞争,他们的业绩大不如前,不过这个络腮胡子也理解,所以并未严加责罚他们。余一每日或跪或卧,总是安静地保持同一姿势,可是脑袋里却惊涛骇浪,一直在紧张地思索下一步棋的走法,并焦急地盼望那个"权臣"快点采取行动。

果然,半个多月后的一个晚上,回到分舵去,络腮胡子几乎是迎出门外接他。"真叫你说着了! 待会开完会,你到我那里商量一下。"络腮胡子压低声音对他说。

余一的心脏剧烈跳动起来。

络腮胡子聚集了所有的乞丐,站在院子里,激情澎湃地说:"上级派人下来了,有事情要说。大家欢迎!"他打开门,从屋里走出两个人来。其中一个余一不认识,另外一个,余一乍一看到,差点没惊叫出来——居然是李定! 他怎么会来这里? 他不是被徐阿姨派出去做"业务"了吗? 难道……

一瞬间,余一的心里有无数的猜测和推断,脑中隐隐有一个结论,但是他不敢想下去。

那个跟李定一起来的"上级"开始说话:"考虑到这个分舵人太多,络腮胡子一个人管理不过来,所以帮主决定给他派一个副手来,分摊一些人管理。这个副手,就是季宝。"说完,他指了指李定。

几个月没见,李定——不,季宝,神态气质发生了很大改变,可是那种似乎是与生俱来的略显腼腆的神色和语调,余一还是一下子就看了出来。李定也说了几句话,意思是自己对这里的情况不熟,不能带"老员工",要求将"新员工"分一些给他带。余一一想,论新员工,这里再没谁比自己更新的了,这岂不要和李定狭路相逢?

他脑中一片混乱:李定是被徐阿姨派出来的,如果他是丐帮中人,那徐阿姨……

他陡然想到徐阿姨的种种特异之处,想到唐醋有一次无意间表露出的对她的怀疑,想到那个从背后袭击他后来却反向自己下跪的骗子。如果徐阿姨是丐帮中人的话,那一切都好解释了:当时自己只对唐醋、书冉、李定夫妇和徐阿姨说了这件事,唐醋既然没有帮他"报仇",书冉肯定跟丐帮没有瓜葛,而李定夫妇刚来北京几天,更没有这个能量,能叫那骗子向自己磕头道歉的,除了徐阿姨还有谁?再朝前推,李定夫妇跟他们说起自己的钱失窃之事,过不多久,那小偷就把钱原数奉还,这事也只有那几个人知道,但若不是书冉、李定夫妇和自己,还有谁有这个本事?自己当初一口认定是唐醋在暗中帮忙,怎么就从来没怀疑过徐阿姨?

如果这些推断都是真的,那么徐阿姨不但身在丐帮,而且身居高位!

刹那间,余一出了一身冷汗。

此时,一些被分过去的"新人"被要求去跟李定"报个到",余一也在其中。他现在头发长而凌乱,脸上又有大瘊子,相信李定认不出来,只是声音需要掩饰一下。当他走到李定跟前时,半侧着头,将声音压得稍显嘶哑,说:"我是穆庆之。"这个名字的意思是仰慕陈庆之,陈是南朝名将,当年带一支孤军横行敌境,竟然赢得"千军万马避白袍"之"白袍将军"的美誉,毛泽东、蒋介石都对他称赏有加,余一也对他非常佩服,所以当初在化名时,想到自己也是单人独骑,与他当年的情形有些类似,就用了这层意思。身边的一个乞丐感到奇怪,问他:"你声音怎么变了?"这个乞丐是个瞎子,上帝关了他的两扇门,却开了两扇窗——他的双耳特别灵敏。他的发问让余一一阵紧张。这还不算,他还无事献殷勤地告诉李定:"他是我们的大秀才,还会写书呢! 写的叫什么咚咚噇来着?"他把《忍冬藤》叫成咚咚噇,惹得众丐们一阵大笑。余一见李定在看自己,赶紧将脸上的痦子对准了他,嘶哑着嗓音说:"感冒了。"就赶紧走过去。好在后面还有乞丐报到,李定并未特别注意他。

余一惊魂稍定,心想,这骗得了一时,骗不了一世,每天与李定"朝夕相处",迟早会露馅。无论如何,这个分舵不能再待下去了。

他想,以李定的智商和阅历,应该是被徐阿姨洗脑利用了。余一猜测,可能现在李定已经成了她的腹心爪牙,所以被派到这个"花柳繁华之地,温柔富贵之乡",以待"锻炼通灵"后,成为她的得力干将。

余一又猜测,那个意图不轨的"权臣",有可能是徐阿姨,即便不是徐阿姨,徐阿姨肯定也是那个集团的。

络腮胡子经历了前面那件事,自然地将余一当成他的心腹。果然,他暗示余一会后一聊,余一便偷偷摸摸地来到了他的房间。此时络腮胡子还在前面应付李定和那个人,尚未回来。余一不想跟李定会面,所以只有待在他房间里等他。

络腮胡子回来后,将门关上,还吩咐两个乞丐在门前守着,确保无人靠近。

他对余一说:"你预料得很准,你猜他们下一步会做什么? 我们该怎么办?"显然,他已经乱了分寸。

余一问他:"可不可以告诉我,那个想造反的人是谁?"

络腮胡子沉吟了一下,说:"是我们的会计,姓徐,是个女的。不过我们老大说这个姓可能是假的。"

虽然余一已有预感，但听了络腮胡子的话，心头还是一震。

"她为什么要造反呢？"余一问。

"这个我也不清楚，都是他们老大之间的事。好像他们一直都不待见对方，有这一天也不是突然的。你就说她还会干什么吧。"络腮胡子把他当成了线人。

余一说："她下一步肯定会慢慢地把你们这些分舵主都架空，换成她的人。等把所有的分舵都控制得八九不离十了，那时候帮主的地位也就岌岌可危了。俗话说，良禽择木而栖，您现在要提前想好：是选择跟她，还是跟原来的帮主。"

"你呢？"络腮胡子问他。

余一一怔，他没想到络腮胡子还会问他的意见。他清了清嗓子："我无所谓，帮主是谁无所谓，反正他们影响不到我。不过我想跟着您，因为我最先认识的是您，您还对我不错。古话说'盗亦有道'不是？虽然咱们干的不是什么正经事，可是作为人，还是要讲究个忠心，在乎个感情的。所以我听您的，您选择跟谁我就跟谁。不过您得带着我，我不想跟这个李……季宝。"他想当务之急，是要避开李定，所以着重强调了这一点。

"那，如果帮主跟会计斗，有希望吗？"

余一想，目前，自己的判断对他来说至关重要，这很可能会成为他的行动的指引。若说有希望，将会加强他对旧主的忠心；若说没希望，这个心怀观望的人，便很可能会立即叛变，去追随徐阿姨。他若叛变，自己要跟着他走，那么就势必会与徐阿姨会面，起码会遇到李定和青青。余一相信，青青如今肯定也是在哪个分舵里做小头目。

那样,身份暴露的可能性就很大,卧底行动就功亏一篑了。考虑到这一层,余一便坚定地说:"有希望,而且希望是很大的。因为目前老大占有绝对优势地位,只要想法将这些新势力扑灭,或者给收归己用,那么,会计就会一场徒劳,反倒还能给帮主增添实力。"

络腮胡子一向喜怒不形于色——或者说常常是怒形于色的那张脸,露出了难得的喜悦和温情:"好! 有你这句话我就放心了,咱还跟着老大干。兄弟,我早就看出你不是个凡人,文化人就是不一样呀。我这辈子就是吃了没文化的亏。我给你漏个底吧,我们老大一直在跟会计斗,但斗来斗去的,看那势头,慢慢地让会计占了上风。这主要是因为他之前有个军师,很得力,可后来动了歪心思,叫老大给做了。没了这个人给他出谋划策,他就不行了。你能看出会计的心思,这就很不简单,我看不比之前那个军师差。现在既然把话说到这,赶早不赶晚,我俩今晚就去见老大吧!"络腮胡子终于放松了警惕,打开了话匣子。

余一心头一阵狂喜:没想到会这么顺利!

但他脸上还是不动声色,说:"好,我先把东西收拾一下。"

说完,赶紧去把《忍冬藤》的稿纸给收拾起来——平时都是放在自己的床铺上,乞丐们没人能看懂,也就没人去翻看。他想了一想,无处可藏,最后只有捆起来,用皮带扎在腰里,再用上衣盖住。因为这个书名之前告诉过李定,还给他读过其中的一段,要是他无意间发现,那就糟糕了。这书他并没有停止写,每天晚上下班后,吃过饭,给乞丐们读完"贾琏大动",就会趴在一个破木桌上写。笔是随身带着的,纸是乞丐们帮他捡来的,满街都是各种广告纸,背面可以写字。乞丐们想听他说书,所以才会帮他捡纸。比起那些打印出来的稿纸,他更不敢叫李定看到这些，因为他的笔迹李定恐怕也认得。

　　收拾好之后，他去找络腮胡子，一同出发。他们先乘公交车，再转地铁。地铁里人已不多，余一看到了一个空位，便坐了上去。身边的一个漂亮的年轻女孩皱了皱鼻子，下意识地朝一边挪了下。此时余一头发很长，衣衫褴褛，且身上散发着一股味儿。他与乞丐们厮混时间长了，如入鲍鱼之肆，久而不知其臭了。余一改不了对书本感兴趣的毛病，见那女孩在看书，就不时地去瞥两眼，不知不觉间头已靠那女孩很近。这下女孩再也受不了，赶紧站起身来，远远地躲到一边。留下一个空位，身边有几个人站着，却无人过来坐。

　　城铁到了颐和园北宫门那一站时，络腮胡子叫他下了车，两人一起步行至颐和园管理处，走进了一个黑乌乌的小巷子。络腮胡子掏出手机打电话，不知在联系谁。余一趁着这个当儿，掏出法器撒尿。他在这里撒过好几次尿，每次撒尿都会情不自禁地涌起某种幸福感。若是在万恶的旧社会，这里肯定是禁区，擅自进入者死，擅自进入并撒尿者，不但死，还会不得好死。而自从进入新时代，就一切不同了，擅自在这撒尿，顶多会被路人鄙视几眼。

　　络腮胡子打完电话，对余一说："待会会有人开车来接我们，他们会给我们带上眼罩和头套。你不要害怕，我每次都是这样。这是为了保证帮主的安全，没有其他的意思。"

　　余一点点头。从这句话里，可以推测出络腮胡子在帮中的地位，应该只是一个普通分舵主，而且被信任程度不高。类似他这样的舵主估计很多，都是徐阿姨可以争取和活动的对象。而那些可以不戴头套见帮主的，应该是长老级的人物，这些人，徐阿姨争取起来困难就相对大了。

等了好久，终于见一辆车开了过来，就像是夜鬼回到了坟墓，直接给开进了这黑影里。车门打开，走下一个人来。余一和他一照面，借着熹微的路灯光，看清了他的脸面，登时心头一震。这人居然是偷拍书冉的那个家伙！他一时间有点不敢相信，再仔细打量了几眼，没错，就是他。由于有好几次两人在极短的时间内"面面相觑"，他的模样在余一脑中深深印下了。余一赶紧低下头，侧过身去。自己的这副模样，连一直朝夕相处的李定都没认出来，这人更加没理由认出来，但余一还是不由自主地担心起来。

关于这个爱偷拍的人，他之前心里有一个巨大的疑问：他为何要偷拍书冉？如今，又增添了一个更巨大的疑问：怎么他也是丐帮中人？

那个偷拍男并未注意他，只是问络腮胡子："就是他？"络腮胡子点头后，他这才打量了余一两眼。

果然如络腮胡子所说，偷拍男从车里拿出一卷黑布，将余一的眼睛缠了好几道，之后又给他戴上一个摩托车头盔。余一眼前登时一片漆黑。这还不算，偷拍男又叫他背过身来，将两手在身后互握。余一还没弄明白他的意图，就听"咔嚓"一声，腕上一凉，带上了一副手铐。这防范措施真是严密极了。接着，余一听到"咔嚓"声又响起，知道络腮胡子也享受了自己的待遇。

他和络腮胡子并排坐在车的后座上，偷拍男在前面开车。三个人默无声息。余一突然感到一阵恐惧：也许，自己早就暴露了，络腮胡子这是要与偷拍男合谋，将自己带到荒郊野外给"做了"？这个念头一闪现，登时感到脊背上有一阵寒风拂过。他构思出一个逻辑严密的假设：络腮胡子与李定很熟络，他从李定那里听说过余一的情况，如今与"穆庆之"一对比，大起疑心，于是请李定来辨认。李定还不是很确定，但他和偷拍男也熟，知道偷拍男曾经偷拍过余一多回，对余一的面部特点印象深刻，于是让络腮胡子将余一带过来，再由偷拍男辨认一下。偷拍男确定了是自己，于是现在两人要对自己动手了……

余一极力想听听外面的声音。如果外面人声喧哗，那就说明自己身处闹市，他们是不可能在人多的地方杀人害命的。如果一片安静，那就可能在驶向郊区，他们准备一锤子将自己砸死，或者两人一起将自己掐死，然后挖个坑埋了，就像络腮胡子曾经悄无声息地做掉别的乞丐一样……但他什么都听不到，这一方面是因为有头盔和车窗的阻隔，不可能听到外面的声音，再是因为，即使身处闹市，此时也不会有人声——冬天虽然已经过去，但余寒还没褪尽，又是晚上，哪可能像夏夜的西单那么人声鼎沸呢？余一的脑海中，关于杀人灭迹的影视片段纷至沓来，他甚至能想象到自己鲜血淋漓地被扔到一个深坑里，然后被泥土一点点覆盖的画面……他喉头一阵发紧，忍不住大声咳嗽起来。

"没事吧？"络腮胡子似乎体察到了他的心意，探过头来跟余一说话。他脑袋上的头盔与余一的头盔一碰，让余一心里一宽。如果他们要是对自己有阴谋，那么络腮胡子没必要又戴手铐又戴头盔的吧？如今他也戴着手铐和头盔，那说明自己的担心是多余的。

然而，他刚喜悦一会，又担心起来：正是由于自己看不见，所以他们才故意制造出手铐的咔嚓声，让自己以为是在铐络腮胡子，而刚才的头盔相碰，说不定是络腮胡子用手里的头盔碰了自己一下……

"没事！喉咙有点痒。"他也嚷了一句。

但慢慢的,在一阵透心的惊悸过后,他又自宽自慰起来:如果络腮胡子要找李定来辨认自己,怎么会让李定这么大张旗鼓地露面?他肯定是要李定在暗中观看自己的。还有这个偷拍男,络腮胡子若知道自己曾与他有数面之缘,也不可能会让自己与他晤面。所以自己的担心虽不无道理,但终归是在眼睛漆黑、双手被铐的情形下产生的杞人忧天⋯⋯

正在胡思乱想之际,车子猛地停住,偷拍男说:"到了。"

第九章　地下惊魂

络腮胡子赶紧交代："不要说话,只管跟着走。"

余一感觉自己的胳膊被人拉住,示意他朝前走。他边走边竖起耳朵倾听,恍惚中觉得是进入了一个屋子,然后在朝下走。脚下有台阶,那梯子不是水泥的,而是铁质的,因为他穿的一双破大头鞋底上有铁钉,碰到梯子时发出了铁撞击的声音。

梯子走尽,脚底接触了平地,一行人继续前行。余一感觉是在走一段地下通道,因为耳中有那种在封闭空间里特有的回声。走了约几分钟,三人停了下来,听到一声沉重的响声——那应该是开门的声音。走了进去,然后便是"哐当"一声,在余一的感觉里,似乎是地狱合上了它的嘴巴。然后便有人给自己打开了手铐,手铐打开的瞬间,余一便可以断定,他们不是冲自己的命来的。接着去掉头盔,剥掉眼罩。随着蒙在眼上的布一层层褪去,余一的眼前越来越光亮,他便知道这里有灯。于是在眼罩彻底剥掉时,他并未急着睁眼,而是闭着眼睛适应了一会,才慢慢睁开。

眼前出现了一张约四十六七岁、惨白的脸。

余一从头盔罩顶的那一刻就开始忐忑不安,中间一度恐惧不已,但最惊心动魄的,还是见到这张脸的这一刻。那张脸的最大特点就是白,病态的惨白,好像是从棺材板里爬出来的死人的脸。一双眼睛像是玻璃珠子,看起来冷淡无光,但又像是能直直地看进人的心里去。余一仿佛被谁兜头浇了一盆冷水,从脚底板到头顶,齐齐打了个寒战。他目瞪口呆地看着那人,一句话也说不出来。那人与他对视片刻,居然微微一笑。那一笑,叫余一心胆俱裂,他似乎能听到自己的头发根根竖起,发出"嗤嗤"的声音。如果现在那个头盔还罩在头顶上,估计头发们可以直穿头盔而过。余一见过的笑容多如牛毛,却从未看到过如此恐怖的笑。他想起在网上看到的一句搞笑墓志铭:给爷笑一个,不然,爷给你笑一个。那爷的笑,就是这爷的笑吧。余一下意识地回头看了看,思忖着如果这个恶鬼扑过来残害自己,能否夺路而逃。然而,那道地狱的铁门紧紧地关闭着。

"你叫什么名字?"那人发出声音。还好,不是地狱幽灵般尖细恐怖的声音,而是男低音,苍老,浑厚。

这句人话叫余一惊魂稍定,他答:"穆……庆之。"

那人转过头去问络腮胡子:"是从你那里来的?他识字?"

"识字。"络腮胡子赶紧答,"能看大本的书,还能写文章,写的字咱们都看不懂。他不但识字,还能猜出徐会计的一举一动。"他平时面对乞丐们时的狠戾之色荡然无存,取而代之的是一副诚惶诚恐的表情。一头狼,在弱小的羊面前作威作福,在更凶狠的狼面前却成了个卑躬屈膝的羊。

"嗯。"那人点点头,半晌,突然扔出一句,"肚子里装有墨水的人叫人信不过!"

这话叫络腮胡子脸色大变。

但余一反倒镇定下来,他最喜欢这种以偏概全的论调,因为很好反驳。他判断偷拍男没有认出他来,但是他和书冉聊天时,偷拍男一度离得很近,他担心他能记得自己的声音。于是故伎重施,将声音刻意压得沙哑:"您这话说得……怎么说呢,难道一个字不识的人就绝对值得信任吗?我认为忠心的未必都是文盲,识字的人也不见得都不可靠。手下的人是不是忠心,还要看当领导的怎么用他。"

一段话说得众人面面相觑,余一心里也直打鼓,不知道会产生怎样的效果。

白脸人沉默一阵。"你到底是什么人?"他突然问。

余一心头一震,他预料到帮主会有一番盘查,却没料到是这样的语气和发问方式。他按捺住紧张情绪,尽量从容地给出了一个无可挑剔的答案:"一个想跟着您发财的人。"

白脸人又盯着他看了一会,似乎在思索斟酌,最后说:"你留下吧。"他又对络腮胡子说:"你今晚也别走了。"

说完,他就朝里面走去。这时余一才留意到,这个地下室呈 U形,沿着 U 的边线,分割出不少小隔间,帮主的房间在最里面。此前陪在帮主身边的,除了那个偷拍男,还有一个三十来岁的男人,这人跟帮主一样,脸色也呈现苍白色,看势头也是在朝惨白的方向发展。余一想,这可能是长久不见阳光的结果。这人比络腮胡子更加壮硕,脸上的线条如大理石一般,既粗犷,又冷酷。他自始至终一言不发,此时见帮主离开,便起身去铁门前,"咔哒"一声将锁锁住,钥匙放入裤兜内,也走进了自己的房间。偷拍男见状,也走到铁门前,依样葫芦地操作一番,将钥匙放入兜内。原来铁门上有两个锁,钥匙分别由两人保管。这样,一进一出,须得两人达成一致才行。

余一从一进来就在思考退路,见到这种情形,心里登时一凉。古人说,莫道下山便无难,现在看来,"下山"比"上山"更难。

他和络腮胡子被分别安排在两个房间,络腮胡子和那个壮汉一屋,余一和偷拍男一屋。余一走进去,看到里面有两张床,偷拍男叫余一睡里面那个床,自己睡门边的那个。余一想,这有监视和防备之意,想必络腮胡子那边的情形也是如此。他也猛然明白为何两个人作如此安排,因为络腮胡子很壮,非那个更壮的家伙不能对付;而这个偷拍男的身板则足以对抗余一。

余一脱去外套和裤子,仰躺在床上,突然看见天花板上密密麻麻地纠缠着各种管线。有一些他看不出名堂,但有一些很粗的黑色缆线,他知道那是光缆。之前他认识一个做废品生意的,那人住在极郊的郊外,有一间小破房子。每到半夜,小破房子前就会打出一个灯箱,上面写着"高价收购废品",然后就会有人鬼鬼祟祟地光顾。其中就有来卖这种光缆的。那些窃贼趁着夜色,将光缆挖出割断,再驮来低价出售。所以余一知道,这种光缆一般是在地下通行。但这里为何会有呢?

无数谜团压在余一的心头,搅成一团乱麻。这时偷拍男灭了灯,黑暗中一片让人窒息的寂静。他瞪着眼睛看着那黑暗,拼命地想汇集各种线索,将谜团们解开打散,看个明白,但最终以失败而告终。便想:反正在这里一时半会也出不去,只要小心行事,性命无虞,那就可以慢慢地了解一切。等了解了一切,自己的大作发表,自己就有名了。这样一想,心中一宽,生物钟开始起作用,很快沉沉睡去。

第二天——事实上余一不知道是什么时候,因为看不到太阳,也没有表。偷拍男倒是有手机,但是还在睡觉。余一尿意大盛,想去方便,辗转反侧许久,决定还是叫醒他。没想到偷拍男警觉得很,余一刚穿衣下床,他就问:"干什么?"

余一不忘哑着嗓门:"想去撒尿。"

偷拍男便起身,开门,示意余一跟他一块走。他们穿过了一道虚掩着的门,朝前走去。越走眼前越黑,最后从那道门里透出的光消失殆尽后,眼前成了一团黑暗。手机男便像变戏法一样掏出了一个手电筒,在前面照着路。这时余一猛然想到,这是一个地下通道,专为光缆通过而设。他想,朝这里来的那道门,没有任何锁,想必这个通道是封死的,所以他们不必设防。正想着,偷拍男的电筒光照到了一堵墙,果然再无通路了。然后再朝旁边一照,出现了一个黑乎乎的大坑,深不见底。偷拍男自己先解开裤子,朝里面灌了一泡黄汤。余一也依样画葫芦,但令他毛骨悚然的是,他没有听到自己的尿落地的声音!侧过耳朵,凝神去捕捉那声音,还是什么都没听到。天呐,这里面能有多深?余一不禁想:如果没人指点,一脚踏空掉进去,恐怕结局就是个粉身碎骨万劫不复吧?听说他们常常"做人",恐怕这个坑就是个"万人坑"。也不用刀枪剑戟,直接一把推进去,简单,快捷,省事省力。但他接着又想,爱人者人恒爱之,害人者人恒害之,他们可以这样把人做掉,难道别人不能以其人之道还治其人之身?他想到刚才偷拍男撒尿时,自己就在他背后看着,出其不意地一把推过去,立即就能叫他了账。如果以后为情势所逼,说不定自己真会用上这一招……

正想到凶野处,偷拍男断喝一声:"磨蹭什么呢?回去!"

余一一惊,才发现自己出了神,手拨法器,早已经滴尿全无了。

他跟着偷拍男朝回走,忍不住问:"现在是几点了?"

偷拍男掏出手机看了看,说:"七点四十三。"余一这才确定,真是第二天了。

这时,他们发现前面有亮光,也有人拿着手电筒朝这里来,走到近前看,是络腮胡子,一个人。看来他对这里相对熟悉,不像余一那样需要向导。

回来后,余一坐到自己的床上,百无聊赖。偷拍男拿出一个相机,拆了装,装了拆,对对焦距,举到眼睛上看看,摆弄不已。余一心想,这个相机的镜头可能也曾多次对准过自己吧。他看到偷拍男对相机如此有兴趣,心念一动:现在自己在这里只剩下两件事要做,一个是逃脱出去,另一个是进一步摸清楚他们的内部状况。这两件事都要通过这里的人来实现。既然自己与偷拍男共处一室,他无疑是最好的突破口了。而若想跟他搞好关系,相机以及摄影,恐怕是突破口中的突破口。

这时,突然有人拍门,偷拍男打开门,看到是个超级壮汉。两个人不说一句话,偷拍男也不问有什么事,直接跟他走了出去。一会听到铁门响,接着又是锁门的声音。偷拍男再回来时,手里多了一些吃喝的东西。余一便知道,原来他们的食物是有人从外面送进来的。

早饭后,帮主叫余一和络腮胡子去他房间里谈事情。帮主的房间在最里面,面积相对大得多。房间里最显眼之处,是有个笔记本电脑。余一还敏锐地发现,他的床上有两个枕头。

帮主让络腮胡子说了分舵的情况,还问了余一的情况,尤其叫络腮胡子详细描述了余一准确预测了"叛党"的行动的事。然后他问余一:"你还能预测他们下一步要干什么不?"

余一早已经给自己定下了"两个伺机"的行动方针:一,伺机逃跑;二,伺机打探内情。现在第一个伺机一时间不能实现,他便开始思谋第二个伺机。帮主和他谈这种事，就是极好的良机。余一说："他们的目的很明确：要在外面跟您抢夺资源。我能预测到他们会安插人进来，是因为我知道咱们的人手就是资源，他们当然会抢。至于别的资源，我就不是很清楚了，如果清楚，就大致可以知道他们会干什么，以及怎么干。"

帮主和络腮胡子对视了一眼，没有回答余一的话。过了一会，他对络腮胡子说："你先回去吧，有事情再来向我报告。"便将偷拍男叫来，将络腮胡子缠上眼罩，戴上头盔，锁住双手，"原封不动"地带了出去。

然后他对余一说："你帮我算算账。"

算账，就是当会计，之前的会计是徐阿姨，她现在既然要和帮主分庭抗礼，肯定不能再为帮主效劳了。帮主问余一会不会用电脑，余一说会用，他就让余一在电脑上操作。

听到熟悉的 Windows 系统开启的声音时，余一一阵兴奋。他已经好几个月没有接触电脑了，如今手指触摸键盘，竟有种与亲人久别重逢之感。尤其让他兴奋的是，如果电脑联了网，那就可以和外面的人取得联系。

然而，网络连接处的图标，是一个大大的红叉。

余一打开徐阿姨之前做账用的表格，帮主在旁边看着。与普遍是文盲的乞丐们相比，帮主认得几个字，但他文化水平只是初中水平，数学成绩极差，所以不得不请别人给他做账。他们核对到某一项时，帮主很不满意，说："把这一项给去掉。""这一项"，指的是乞丐们的提成。余一想起之前和"亲人"聊天，"亲人"说他之所以不逃跑，是因为干了那么多年，应得的提成全在帮主那里，要是跑了，就一分钱拿不到了。看来帮主非常清楚他们的心思,他根本没打算将这些提成返还给他们。可怜那些乞丐,还对帮主心存幻想,希望他某一天会大发慈悲,将自己辛辛苦苦讨来的钱给自己……

余一继续核对下去,发现有十几万的数目不对头,但这种不对头被掩饰得极其巧妙,一般人绝对不容易看出来。余一便在腹内暗笑,知道是徐阿姨吞了这些钱。他想自己的当务之急是取得帮主的信任,以便实现第一个伺机,便决定要给帮主出谋划策,一起对付徐阿姨。反正他们狗咬狗,二狗相争必有一伤,自己"余翁"得利便是。他便向帮主报告了这个情况。帮主听罢,冷笑一声:"臭女人,果然跟老子玩猫腻!"

余一趁机问了一句:"这个姓徐的,到底是个什么人呢?"

帮主说:"这个你先别管,这两天先帮我对好账,过后我跟你细细说。"

余一核对了整整一上午,查出了好几笔猫腻,把帮主气得火冒三丈。余一却极度震惊,他通过查账才知道,帮主手下竟然有两千多个乞丐!不但京城各区布满,周边城市也有。两千大军啊,如果每人每天平均讨到五块钱,那就是一万块钱,一月三十万,一年……何况还有些乞丐们白天乞讨,晚上偷窃,坑蒙拐骗无所不为,一天的收入哪止五块钱呢?难怪他们的组织那么严密,难怪他们能使"鬼推磨",让警察罩着他们……

后来余一有点累,要求在房间外走走,帮主答应了。他在外面走来走去,一边观察这里的环境,一边思索第一个"伺机"。他想:如果这里只有一个出口,就是加了两把锁的那个门,若有人从外面将门堵死,那这里的人岂不要全体被一锅烩?以帮主的狡猾多疑,他肯定不会仅仅只给自己留一条"活路",那么,如果还有另外的出口,那会是在哪呢?余一带着这个疑问,一有机会就留心搜求,果然发现在一片阴影处,横放着一个长长的梯子。梯子是铁制的,被一根很粗的铁链子连在一大捆电缆上,末端加了一把大锁。这样一来,若想搬动这个梯子,只有三种办法:或者把锁打开,或者把铁链子弄断,或者把这些电缆全割断。但最后一种方法是不可能的,因为那些电缆太多,若把里面的铁线抽出来,加在一起,能比一棵大树还要粗。弄断那根铁链子也很难,因为它同样很粗。

唯一可行的办法是打开锁。

余一想:梯子,自然是爬高用的,但用这个长梯子爬到上面干什么呢?

他仰头观看,却只是黑乌乌的一片,什么都看不见。

他决定下回用偷拍男的手电筒来瞧瞧。

他结束了这一次的探究行为,低下仰了半天的头,感觉后颈都酸疼了。突然,他看见面前站着一个人,一个年轻女人。她一身白衣服,头发披在肩上,面色惨白,两只眼睛如黑洞一般,直勾勾地盯着余一。与余一目光相接,陡然发出一阵幽幽的笑声。余一大吃一惊,浑身的汗毛如铁刺般立起,脑袋里登时冒出两个字:女鬼!饶是他接二连三地遇到不同寻常之事,已经很能处变不惊,这时也无法保持镇静,直着嗓子大叫了一声:"啊——"然后回身就跑,"砰"地撞开了帮主的门,大叫:"鬼,女鬼!"

帮主被他的叫声惊动,正在朝外跑,不料余一冲了进来,两人差点撞个满怀。在这极短的时间里,余一瞥见帮主的电脑上有一张全屏的图片,那赫然是书丹!

他不禁一呆。

帮主怒道:"叫什么叫？发什么神经？哪有什么鬼？"

余一回身用手指着后面"她,她……"

偷拍男和大壮汉也被惊动了,都跑了出来,但看了一眼那"女鬼",又若无其事地缩回了自己的房间。

"女鬼"笑嘻嘻地朝余一这边走来。

"别管她!"帮主没好气地说,随即转身回到电脑旁,关上了门。

余一愣了半天才明白,她并不是女鬼,而是女人,且就是生活在这里的。只是自己一直没见到而已。

那"女鬼"应该说是个女孩,一个年轻漂亮的女孩。如果不是脸色太苍白,身材样貌,简直无可挑剔。只是笑嘻嘻的模样有些不正常,嘴里呜噜呜噜地说着什么话,也听不明白。她推开呆立在门口的余一,径直走到帮主的房里,脱掉鞋子,上了床。此时余一登时明白,为何帮主的床上有两个枕头。

这时帮主关了图片,将一个 U 盘拔掉,装进兜里,对余一说:"你继续算账。"

看帮主的动作神态,他很不愿意余一看到书冉的照片。如果不是发生了"女鬼"事件,余一压根不会发现这个。看来偷拍书冉的行动,是他指使偷拍男的。他为什么要这么做？他和书冉是什么关系？

余一心头的疑云越来越重。他心里的"两个伺机"方针,本来是有主有次的:伺机逃跑为主,伺机打探内情为次。只要能跑出去,弄清楚这个地方在地面上的位置,就可以叫唐醋他们来将他们一网打尽,那时候什么内情都可以审讯出来。但现在,他决定将"两个伺机"一视同仁,放在相同重要的位置上。

这个机会终于等到了,有一天,他确信所有人都不会注意,就假装去上厕所,用手电筒朝那个梯子上方一照,看见高高的顶上,有一个圆圆的褐色的盖子,心里一喜:那是井盖,掀开它就可以走到地面上去。这里果然有另外一个出口!

余一想,那个梯子也许是负责维护光缆的工作人员设置的。但仔细回想一下,很快打消了这种推测。他见过这种"井下作业",工作人员的梯子都是从卡车上搬下来的,用完后再装上车拉走,没有将梯子留在井里的情况。而且把这么重的一个大梯子给挂在光缆上,对于以维护光缆为职业的人来说,是不可能这么干的。所以这必然是帮主设置的逃生梯,那个大锁上的钥匙,应该是掌握在他手里的。帮主这个老奸巨猾的"鼹鼠",对于自身的安全,考虑得真是绝顶周到:住在地底下,除了身边这几个人,无人知道他在何方。而在身边的几个人当中,大壮汉足不出户,只在这里做保镖,不与外人联系,也自然无从泄密。一切外事活动都由偷拍男执行,想必此人也是经过千挑万选,忠心耿耿,不可能出卖帮主。而如果外人来这里,比如络腮胡子,也是把眼睛蒙住,并不知道这个地下宫殿在地上的具体对应位置。就算万一发生意外,有外人攻进来,那个大铁门也足以抵挡一阵,而这段时间,则足够他使用这个梯子逃之夭夭。

余一推想到这里,得出结论:无论对帮主来说,还是对自己来说,逃生的关键,就在那一把钥匙。

钥匙在帮主那里,而最能接近帮主的人——他想到了,就是那个女孩!

可那个女孩,是个神智不正常的人。她每天咕咕嘟嘟,喃喃自语,或者到处乱窜,悄无声息的,像个幽灵。她曾来过余一的房里,对着余一嘻嘻傻笑,笑得余一直发毛。转头去看偷拍男,偷拍男则自顾自地把玩着相机,对她视而不见。她有时还会走过来,把余一手里的《石头记》给夺过去,看两眼,扔在了地上,嘻嘻地笑个不止,叫余一很无奈。

但有一天,他们在一片阴影里邂逅相遇时,这女孩清清楚楚地吐出了几个字:"有朋自远方来。"余一心头一震,转头盯着她看,她也看着他,脸上依然是笑嘻嘻的,确乎是"不亦乐(悦)乎"。不知是不是心理作用,余一觉得这笑容不是傻笑。

但他不能确定,这也许是个偶然。他唯一能确定的是这女孩应该读过不少书。他有时留心听她的自言自语,竟然听到一些诸如"泉香而酒洌"、"铁锁横江,锦帆吹浪"、"飞羽觞而醉月"这样的句子。他想她肯定不是生而发疯,不然不可能记住这些诗词,她肯定受到了什么刺激才变成了这疯疯癫癫的模样。

又一次,两人擦肩而过的瞬间,女孩飞快地吐出八个字:"既见君子,云胡不悦!"这一次,余一心头的震动无可形容。这句《诗经》,接上上次的《论语》,明明白白地表达了一个意思:见到你,我很高兴。

这到底是怎么回事?

他决定将解开谜底的希望寄托在第三次。

第三次,两人相遇时,女孩正在咕咕嘟嘟,等余一走近,突然清楚地吐出两句诗:"马上相逢无纸笔,凭君传语报平安。"

再一再二不能再三,余一确信,这女孩大有古怪。她说出的这些诗词,在这个地下室里,除了自己无人能解。而且仔细回想一下,她恰恰是在看到自己在看《石头记》之后才这样的,这说明,她是确信了自己能理解之后,才"可与言而与之言"。余一想,难道她是在装疯卖傻,在向自己传达某种意思?但他立即也想到另一种情况:也许她的装疯卖傻不是针对帮主,而是在针对自己,是帮主授意她这样做,目的是试探自己。这个"地狱"里充满杀机,自己还是恐惧戒慎、步步为营比较好。

他决定静观其变,先对这女孩来个置之不理。

不过那句"马上相逢无纸笔"倒是结结实实地刺激了他:他太需要纸笔了。

每天的工作就是算账,先是核对账目,核对完了则要做账,因为全帮的"业务"还在进行。帮主那一句"对好账就跟你细细地说徐会计"的承诺,早被忘到了九霄云外。若是没有账要做,书也不想看,那就彻底百无聊赖了。每当此时,他就无比怀念以前的日子。他想到母亲,想起大学时,有一次他自行去做个小手术,然后跟家里随便一说,也没当回事。但后来父亲却急匆匆打电话来,说母亲每日神情怔忡,嘴里喃喃自语,说要步行去重庆看他。父亲用焦急的声调说:"如果你不跟她说说话,叫她安心,估计她要出精神问题了。"余一闻言大惊,赶紧打电话回家。他还想起父亲去世后,无意间看到母亲的背影,消瘦,头发灰白,忙忙碌碌。这背影叫他一阵心酸。他感觉二十多年来从未对她如此思念。他想,假如此生注定碌碌无为,那么这次卧底,该是人生中最大的一个壮举吧?如果成功,可否放过自己,权当是衣锦还乡,回去看看母亲?他还会想起书冉,这姑娘对自己的亲昵痴缠,那么叫人怀念。他甚至会怀念起徐阿姨。他想起自己曾对徐阿姨背诵过盲诗人周云蓬的话:"我不是那种爱向命运挑战的人,并不想挖空心思征服它。我和命运是朋友,君子之交淡如水,我们形影相吊又若即若离。命运的事情我管不了，它干它的，我干我的，不过是相逢一笑泯恩仇罢了。"他还想起自己对她说过一部风靡一时的网络电影《老男孩》里的歌词："曾经志在四方少年，未来在哪里平凡。"曾经志在四方的少年余一，如今在哪里平凡呢？他也会想起唐醋，他想现在最牵挂自己的，除了妈妈之外，就数她了。因为她知道自己在干什么，现在她一定在昼夜担心着自己……

他有时看到一只虫子在顺着墙壁朝上爬，就会无比羡慕它——我寄愁心于明月，随君直到夜郎西，但愿它能穿过那个井盖的缝隙，见到外面灿烂的阳光。

所以，百无聊赖之时，便是一次对自由的极端渴望之时，便是一次无可排遣的精神煎熬之时，他越来越惧怕这样的时刻。他想继续将《神都闻见录》写下去，将自己的卧底所见详细地写出来，混在《忍冬藤》的稿纸里。他想"忍冬"之意，暗合孔子"造次必于是，颠沛必于是"的古训——现在是最冷的"冬天"，必须坚持忍下去、等待下去，无论在怎样艰苦的情况下，都要不改其常，都要笔耕不辍。然而，在络腮胡子分舵所得的那些广告纸，已经被用完了，现在手里一张纸都没有了。想起大骗子牟其中在监狱里服刑，还能奋笔不止，自己却连监狱的待遇都享受不到。

某天，他实在忍不住，看到偷拍男又在保养他那部相机，决心实施酝酿许久的搭讪行动。

"哥，您对相机很了解吧？"他压着嗓子问了一句。

偷拍男抬头看了看他，没吭声。

这在他意料之中。他不屈不挠地继续搭讪："您知道摄影家罗红吗？"

还是不见答复。

"罗红是一个大企业家，也是一个摄影家，我很喜欢他的作品。"余一开始自言自语，"他有好多作品都是租用直升机去拍的，一张照片能花费好几万，真不知道图的是个啥。其中有一张，是在南极拍的，一只企鹅站在他身边，他朝企鹅笑。据说，他为了等这只企鹅走到身边，一个人在雪地里卧了几个小时。让我奇怪的是，那一刻的快门是谁按的呢？难不成他的相机会自动拍摄？"

"他可以遥控相机的快门，有这种相机。"偷拍男忍不住接道。

余一心中窃喜，鱼儿终于咬钩了！他赶紧抓住这个话题继续聊下去。什么相机的焦距、景物的层次、风景摄影与人体摄影的区别……幸亏他当年对摄影痴迷过一段时间，看了一阵子相关杂志，这会把心里的那点货倒了个底朝天。偷拍男虽然话仍很少，但适当地会回应一两句，总算有了一点聊天的意思。余一看时机差不多了，便抛出了这一句："哥，我最羡慕您的是您手里有工具有设备，可以干自己喜欢的事，我却不行。我没别的嗜好，就是个爱写字，又写不出什么名堂来，但就是喜欢。人说文丐文丐，写文的就是个当乞丐的命，可能真就是这样。可惜现在手里有支笔，却没用，没有纸！哥，您方便的话，出去能给我带一点纸吗？废旧的广告纸啥的都行，只要上面有写字的地方。"

"行吧，我再出去就给你留意下。"偷拍男回答得很痛快。

余一大喜："那我先谢谢您了。"

结果偷拍男果然没食言，再次从外面回来时，果然给余一带来了一叠纸，一叠崭新的 A4 纸！余一如获至宝，感激不尽，中午吃饭时死活把自己碗里的一块煎蛋夹给偷拍男了。

这次搭讪行动可谓是一举两得,大获成功,不但可以继续写书,还与偷拍男熟络起来了。余一慢慢试探,慢慢地可以聊起很多话题,最后终于涉及了徐阿姨。帮主已经抛之脑后的承诺,偷拍男无意中代他完满履行。

　　偷拍男告诉他,徐阿姨不知是什么来头,她最初在一个小区的物业公司做绿化工,后来她不知用了什么办法,加入了丐帮,并且很快得到了当地分舵主的重视,将她带到了帮主这里。她跟帮主一番长聊,帮主也对她很重视,让她做了吴乙吾的助理。不过,吴乙吾已经不在这个世界上了,是帮主下令弄死的,就推在那个撒尿的深坑里。他之前在这里的职务是会计兼军师,给帮主出谋划策、做账,还出去搞外联。他在外面人脉颇广,还拿下了一个警察的头头。但吴乙吾后来自持劳苦功高,渐渐地有了非分之想,被帮主看出来了,于是就小命不保。后来他们才知道,吴乙吾的野心是被徐阿姨鼓动出来的。她拿吴乙吾投石问路,试试帮主的反应。这份用心不可谓不歹毒,如果吴乙吾成功,那么徐阿姨可以从他这里获得更多的好处,如果吴乙吾不成功,那么她正好可以取他而代之。

　　偷拍男说,徐阿姨的最大特点是对官场里的事情了如指掌,从最高领袖的职权范围,到村长小队长的选举,各个官位的品级、实权,某重要人物的发迹史以及发迹背后的秘密……都能娓娓道来,如数家珍。她说她认识不少高官,而且关系很不错,她的一个亲戚,是真正的大人物,要干一件震惊全国的事。这些话叫人半信半疑。不过她说的那个亲戚干了那件大事后,就由不得帮主不信了。吴乙吾死后,徐阿姨接替了他的职位,成为了会计。可是后来帮主也对她产生了疑心,就想弄死她。她十分警觉,发现帮主对她不满后,就不再来总舵"办公"。他们就策划了一起车祸,想把她撞死,没想到十分不走运,竟然被一个赶着驴子拉个蛋的人给救下了!后来帮主他们怀疑,这个人可能是她的同党。听到这里,余一一惊,原来自己那一救发挥了这么关键的作用。

偷拍男继续说道,这件事之后,徐阿姨更加警觉。她十分聪明,采取了以攻为守的策略,竟然甘冒奇险来总舵跟帮主进行了一番长谈。这次谈话后,她在外面越来越不安分,一直发展到现在要夺权的地步。但奇怪的是,她闹得这么过分,帮主却再也不敢动她一根汗毛了。不知道她究竟对帮主说了什么。

"她跟老大说的话你没听到?"余一问偷拍男。

他摇了摇头。

"她说的那个是她亲戚的大人物,是谁呢?干过什么惊天动地的事?"

偷拍男告诉了余一那件事,但他没记住那人的名字。

"她说是她的亲戚,你们就相信了?"

"她说那人在干那件事之前先告诉了她。她对老大说:'不信,过几天你人上去看看,就会发现所有的人都在说这事。'于是过了几天,我上去打听打听,果然是这样!"

"你平时很少看报纸和新闻吧?"余一问他。

"从来不看,关我屁事!"

余一猜想,徐阿姨估计就是利用了他们信息闭塞这一点,将他们唬住了。她跟帮主说那个"亲戚"即将要干那件事,其实那件事早就干完了。偷拍男从不关心时政,听了她的话才上去打探消息,当然全世界都在谈那事。他们不明就里,还以为徐阿姨的"情报"应验了呢!

从偷拍男的描述可知,徐阿姨老奸巨猾,智商比帮主高得多,帮主被她玩弄于股掌之中,完全不是她的对手。这从最近的情况也能看出来:不断有分舵主来这里"述职",埋怨他们的地盘被徐阿姨入侵,权力被她委派的人分割,干事情总是被掣肘……全是不好的消息。余一做账时也发现,总舵的收入一点点在减少。

　　帮主愤懑不已,却也无计可施。余一看在眼里,知道帮主迟早要找自己商议对策。

　　余一一边等待帮主召见,一边加紧赶写《神都闻见录》,他想自己保不准也和吴乙吾一样,世上突然就无了吾。但若能留下一本书,起码可以减少点遗憾。成名神马的,那都是浮云了,他只要一本书,像贾平凹在《废都》的后记里写的那样,"安慰了我的破碎的灵魂的一本书"。有人不是云过乎:"吾书已成,无论大神的震怒,还是山崩地裂,都不能把它化为无形。"在这个意义上,自己——失败的自己,潦倒的自己,一事无成的自己——若是能把书写成,也算是"死也不朽"吧。

　　在这期间,那个女孩时不时会来捣乱,每每余一正写着,她突然把他的稿纸抢过去,在上面胡乱划一阵子,然后笑嘻嘻地扔掉。余一本有些怀疑她在装疯,而每当此时,又觉得她是真疯。他向偷拍男问起她,偷拍男说,这个女孩是个大学生,她在校外租房,常常在晚上一个人从学校回住处,就被乞丐们盯上了。那晚她一个人路过天桥底下,被几个乞丐逮住,抢了身上的东西,又觉得她好看,就把她糟蹋了。当时那女孩就疯了。他们索性把女孩送给帮主,她就一直住在这里,两三年了。

　　——原来如此!

余一对她的怀疑和戒备登时化作满腔的同情。此后再与她遇见，目中便全是温和之色。如果左右无人，女孩也不再笑嘻嘻的，总是目光幽深地瞧着他，似乎有什么话想对他说。

有一次，她又抢了余一的笔和稿纸，在上面写。余一以为又是捣乱之作，但拿过来一看，却是一笔娟秀的字："他从来没有相信你，你要小心。"心头大震，瞧向她的眼睛，她略微点了点头。但瞬间又笑嘻嘻的，把那张纸夺过来，朝那行字上胡乱涂抹，然后撕掉，笑着跳着，搞了一场仙女散花，纸屑落了满地。

她果然是在装疯！她知道帮主的心思，因为他们以为她神志不清，商量机密时并不避讳她。自己在这里不再孤单，有了一个同盟军了！

他决定找个机会跟她聊聊。

但是帮主先找了他。

帮主要他献计献策，遏止徐阿姨的嚣张气焰。这在余一的预料之中，他决心利用这次机会把自己想知道的内情全部打探出来。他知道帮主并不信任他，他更知道这种不信任很难改变，自己要尽快完成第二个"伺机"，然后尽快脱身。

帮主兑现了他的承诺，详细地说了徐阿姨的情况，但这些他早已从偷拍男那里知晓。为了避免节外生枝，他没有"出卖"偷拍男，而是耐心地再听了一遍。听罢，他对帮主说："您想让我帮您出主意，就应该把所有必要的信息都告诉我。您看，你可以对吴乙吾动手，现在却不敢对徐会计动手，这中间必然有原因，可原因是什么，您却在隐瞒着。"

余一来了个直言不讳，一箭穿心。

帮主一愣，犹豫了很久，似乎是下定了决心："她把我们外面的一个很重要的人给弄到她那边了。这个人本来是吴乙吾联络的，吴乙吾死后就我和他单线联系，但不知道谁给她介绍的，竟然叫她勾搭上了。那个人不叫我动她。"

"那是个什么人呢？"

"警察里的副局长，叫刁友乾。"

啊！余一心里一沉。怪不得那次书冉邀请徐阿姨去"光明面"，她答应了，原来书冉偶然提到了刁友乾，她牢牢记在了心里。怪不得在"光明面"里见到刁友乾之后，她跟他谈了那么久。原来一切都是有原因的，自己早该想到。

"还有什么情况，您请一并告诉我吧。"

帮主又犹豫了一下，叫余一去喊来了偷拍男。他拿出一个 U 盘，在电脑上点开里面的一个文件夹，余一看到那里面有海量的照片，其中绝大多数竟是书冉，但也有徐阿姨、唐醋、李定夫妇，以及自己！余一的心"怦怦"跳了起来，下意识地摸了摸脸上的痦子。

"这个就是老徐。"帮主指着徐阿姨对余一说。

余一故意"噢"了一声，说："原来是个半老'徐娘'。那，这是谁呢？"他故意指着书冉问。他知道书冉和帮主肯定大有渊源，不然他不会派偷拍男连续几年偷拍她。

"她叫书冉，是我女儿。"帮主犹豫良久，低声道。

余一大吃一惊，简直不敢相信自己的耳朵：世界上还有比这更匪夷所思的事吗？

他脑袋中飞快地回想起书冉关于自己父亲的话："我也不知道我爸去哪了，我从来没见过我爸。问我妈，我妈也不知道，但最近一些年,他一直朝家里寄钱。"如果这是真的,那么,书冉并不知道自己的爸爸是丐帮帮主,并不知道偷拍自己的人是她爸爸派去的?

"是这样啊。这张照片上您女儿和老徐在一起,这是您安排的吗?"余一再一次打探。

"不是,她不知道我在这里,她从来都没有见过我。这些年……唉,不说她了。但是她为什么和老徐在一起,我也感到奇怪。我怀疑是这个人在捣鬼。"帮主指着另一张照片说。那张照片上,余一正和书冉在中关村购物广场前,书冉正在吐烟圈。余一还记得,那次他差点抓住了偷拍男。

"这个人是谁呢?"余一使劲地压低着嗓门问。

帮主看向偷拍男。

"我也不知道,突然出现的。那次我们用车撞老徐,就是他把老徐救的。后来我发现他和书冉的关系很好,他们常常有来往。不知道这个人是干什么的,他不上班,也不干别的事,就住在一个蛋里。"偷拍男说。

"难道他和老徐是一伙的?老徐知道您和书冉的关系,所以派这个人来骗书冉?"余一当然知道自己并没有这个意图,但他想知道徐阿姨是否知道这件事,以及帮主他们对自己是怎样的心思。

"我们也怀疑这一点,可是我和书冉的关系只有小王知道,现在加上你,是三个人。连吴乙吾都不知道,老徐是怎么知道的呢?"余一总算知道,原来偷拍男姓王。其实还有第四个人知道这个秘密,就是那个装疯的女孩。此时她正坐在床上咿咿呀呀地唱歌,显然帮主并未将她算进去。

难道,是她告诉徐阿姨的?

"反正这个人很叫人摸不清楚。"帮主又指着一张照片说。照片上,余一和唐醋在肯德基里,"这女的是警察。这个人和这个警察关系很好。他也有可能是刁友乾的人。"

余一有点想笑。

"我想再摸摸这个人的底,他突然消失不见了。"偷拍男说。

"这个人是谁呢?"余一看到帮主点到一些照片,书冉和一个年轻男子在一起,挨着他的胳膊,很亲昵。

"好像是她新交的朋友。"偷拍男说。

余一突然感到心里一阵剧烈发酸——书冉,这个漂亮的、亲昵的小姑娘,一直以来,她跟人上床、怀孕、流产,余一都不以为意,因为他认为那是逢场作戏,是不付出感情的纯粹生理游戏,可是,看到她和一个年轻男孩满面春风地相依相偎,他竟然深深地嫉妒了。原来,自己在内心深处,对她还是在意的,还是自私地希望她对自己的亲昵是唯一的,尽管这种亲昵有时会让自己不知所措……

他不着痕迹地深吸一口气,迅速将这种复杂情绪排遣掉。

"是她的男朋友?"他问偷拍男。

"不是。这个男的有男朋友。"

余一一头雾水:"他有男朋友?什么意思啊?"

"他是个同性恋。"

偷拍男一边说,一边翻出一张照片,果然,那个男的在和另外一个男的接吻。

"他不会是双性恋吗?就是说,一边和那个男的搞,一边和书冉谈恋爱。"

"不是,他对女人没兴趣。而且书冉喜欢的是还是那个住在蛋里的人。"

他又翻出几张照片，上面的书冉站在余一的蛋居前，怔怔的。照片的背景是各种时段的天空，有早晨，有中午，有傍晚。"这家伙不知怎么地突然消失了，害得书冉很伤心。"

"他不会是骗书冉的吧，骗钱骗色。"余一故意朝自己身上"泼脏水"。

"他要是那样，叫我逮住了非弄死他不可！"帮主阴森森地说。

余一想：我才不是那样。只要你弄不死我，我出去后一定要玩命对你闺女好。

一瞬间他的心里满是温暖和快乐。是的，他确定了，书冉喜欢自己！他也确定了，自己喜欢书冉！他觉得心里的孤独和洛宛制造的伤痛如潮水一般退去，他快乐得直想大叫出来。

但他按捺了自己，迅速使用乾坤大挪移神功，将书冉挪移开去。"潜伏者要将自己的快乐和伤悲的时间压缩到最短。"余则成说。余一遵行了这句箴言。

"这个同性恋跟老徐他们有瓜葛吗？"余一问。

"目前还没发现有。"偷拍男答。

余一便想，挑拨他们和徐阿姨火拼吧，现在自己的"伺机打探内情"已经大功告成，该是"伺机脱身"的时候了，而这个"机"，既然"伺"不到，那只好自己试着制造。

他沉思了一下，对帮主分析道："现在有两种可能性：一是老徐知道书冉和您的关系，一是不知道。但不管是否知道，可以确定的一点是：她对您不怀好意，而且不会善罢甘休。您现在一直按兵不动，是因为刁友乾不允许。我不知道您和刁友乾具体是怎么沟通的，我冒昧猜测,他希望您能让出一些地盘给老徐,让到一定程度就行,不会叫她过分膨胀。可是您就这么相信刁友乾?您就没考虑到这样一种情况:老徐允诺给刁友乾更高的条件,他们狼狈为奸地来对付您?我大胆地猜想一下:如果他们一切准备就绪,可能就会直接冲着您来。姓刁的是警察,他可以制造情况向您开枪,然后您辛辛苦苦打下的江山就全部落到他们的手里了。"

帮主和偷拍男对视一眼,眼中都有惊惧之色。

"我们应该怎么办呢?"帮主问。

"主动行动,不能在这里坐以待毙。"余一斟酌着不要犯教唆罪,"要么打,要么跑。打的办法是,不管三七二十一,先把这个老女人给做了,然后再去跟刁友乾谈。那时候生米做成熟饭,他也没什么好说的。大不了问问老徐允诺他的条件是多少,满足他就是了。但这个风险很大,因为我推测,帮主您一直对她不动手,原因不止一个刁友乾,她手里还攥着什么东西可以影响着您。不过这个您可以不告诉我。所以我的建议是:跑。此处不留爷,自有留爷处。何必在一棵树上吊死?换个地方重新再来就是了。"

帮主听完,沉思不语。半晌,才对余一说:"好,你先回去吧,我再考虑考虑。"

余一回到房间,偷拍男并没有回来。他便知道帮主是在与偷拍男计议——明显将自己当做外人给排斥了。

他拿出纸笔,想接着写东西,可是心烦意乱,没法在纸上落下一字。快到结尾了,他想。他隐隐有种不祥的感觉,可无法确切知道这感觉是什么。这时他突然听到那女孩疯疯癫癫的笑,还有咿呀呜噜的自言自语。她似乎从帮主的屋内出来了,在朝自己这边走。

他竖起耳朵听，因为他感觉她可能要向自己传递信息，于是朝门边凑了凑。果然，在她经过门前时，迅速说出一句话："狡兔死，走狗烹；高鸟尽，良弓藏。"

余一猛地抖了一下，一瞬间恍然明白了自己的预感是什么：自己的利用价值已尽，帮主要对自己下手了！

他极快地思索一下，觉得是时候跟这女孩一谈了。生死关头，应当同舟共济。

他拿了电筒，装作去上厕所。路过那道门时，那女孩果然在等着。

余一看看没人，便朝她做了个手势，意思是进去说。

"他们要对你下手。现在正在商量把你做掉后怎么对付老徐。"那女孩直奔主题。

"怎么下手？"

"叫小王跟你一块上厕所，把你推下去。"

余一想，果然，还是老一套。随即条件反射一般，那个以其人之道还治其人之身的办法立即浮上心头。但是这只能先把偷拍男解决掉，还剩下那个大壮汉以及帮主，自己一个人对付不了。

"可惜，没有可以防身的东西。"余一说。

"我藏了一个铁棍，在那个大坑旁边的缝隙里，谁都不知道，你去摸摸就找到了。"

余一心里一喜，迅速制定了另一套方案。他对那女孩说："你快出去吧，我有办法了。你明天听到响声，就出来，帮我拿手铐铐住老大。"

他到了那个大坑边，用电筒照着，仔细寻找，果然找到了那根短粗的铁棒。

他把铁棍藏到了怀里。

晚上，他躺在床上，瞪着眼看着面前的黑暗，无论如何都难以入睡。偶尔侧耳倾听偷拍男，他的呼吸声均匀平稳，不知道睡着没有。一个即将要下口咬身边的老鼠的猫，心理状态是怎样的呢？他会不会突然改变主意，不再在大坑边实施行动，而要趁自己熟睡了下手呢？

余一不禁握紧了手里的铁棒。

如此熬了很久，脑袋还是清明如镜，半点睡意都没有。突然之间，耳朵里响起一阵叫声！是那个女孩在叫，确切地说，是在大声呻吟，其间夹杂着帮主粗重的喘息声。进来这么久了，第一次听到帮主和她交合，之前以为他们是压抑着声音进行的呢。此时余一陡然意识到，帮主已经年近五十，身体早已不复当年之勇，性生活稀疏也是正常情况。

余一知道那女孩在忍受着巨大的痛苦，不忍听下去，他起身下床。

"你干什么？"偷拍男突然坐起身来。——原来他也没睡着。

"去撒尿。"余一答。

"我也去。"

余一飞快地转了下念头，便悄悄地将铁棍揣进袖筒里。

他们一前一后走在那个通道里，余一居前，偷拍男在后面打着电筒。余一有几次想回头给他一铁棍，但担心弄不倒他，他的惨叫会惊动那个大壮汉。所以放弃了这个临时起意的念头，一直挨到了大坑边。

余一朝旁边退了一步，示意偷拍男先来。他们往常一同来撒尿时都是这个习惯。余一谦恭揖让，偷拍男也不以为意。但这次他明显思索了一下，不过时间极其短暂，到底还是走了过去。他灭掉手电筒，解开裤子，尿声响起……余一想，我不能故意杀人，我要正当防卫。于是他突然问："老大叫你来杀我吧?"偷拍男一惊，转身一把抓住余一，另一只手竟掏出一把刀来，直冲他刺去。幸好余一早有准备，飞起一脚，将他踹了下去。"当啷"一声，有金属的声音在地上响起，同时，偷拍男发出一声惊叫，一声持续了很久的惊叫，然后戛然而止。

余一心头狂跳，他机关算尽，却没算到偷拍男居然会有两手准备：一边准备将自己推下大坑摔死，同时带了刀子以备不测。他反应也真够快，能在电光石火之间就能将刀子拔了出来，幸亏自己反应更快，提前将他踹下去……他更没算到这声惨叫会如此持久绵长——这个大坑，究竟有多深呢?他紧急思考两秒钟，拼命往回狂奔。这个通道有个九十度转弯处，如果自己能早一步到达那里，胜算就能增大许多。

还好，命运之神眷顾了他，他提前跑到了地方。

他刚在那里蹲下，就听到一阵急促的脚步声。从那脚掌触地的粗重声音来推测，一定是大壮汉无疑。余一紧紧握住了铁棍，看到面前出现了一道电筒光，接着电筒光里出现了一双腿，他死死地用铁棍朝那腿上砸了下去。"砰"的一声，大壮汉重重倒地，发出"啊——"的痛苦的叫声。手电筒刚好摔到了余一面前。余一捡起手电筒，跳起身来，朝地上一照，只见大壮汉一手握腿，一手撑地，嘴里连叫带骂，努力想站起身来。余一朝他脸上一照，趁他一闭眼的工夫，朝他腿上重重打了一棍。这次大壮汉轰然倒塌,呻吟不止,无力再起。余一赶紧朝前跑,脑袋里竟然想起了这个问题:给大壮汉的第二棍算不算正当防卫?跑到帮主房前,刚好看见他弄亮电灯,正赤身裸体地拉门出来。余一不暇多想,借着奔跑的势头,飞身踹了过去,"哐当"一声,将他重重地踹回屋内,自己也随着倒在地上。

"啊——"那女孩声嘶力竭地尖叫起来。她正站在床边,几乎是一丝不挂。余一先帮主一步站了起来,将帮主的两条胳膊朝背上一拧,让他成了狗啃屎的姿势——这一招他屡试不爽,驾轻就熟——用铁棍指着帮主,说:"别动。你的两个狗腿子全被我解决了,你要是想活命,就给我乖乖的。"帮主瞧了瞧杀气腾腾的余一,又瞧了瞧他手里的铁棍,没敢动。

"别动啊,你一动我就照你的脑袋一下子,不信你试试看。"余一威胁道。"你去找手铐来。"他命令已经被吓傻了的女孩。

她这时才如梦方醒,赶紧去把手铐拿了过来。

"我看着他,你把他铐住。"他对女孩说。

想必她早就研究过手铐的使用方法,"咔嚓"一下就铐住了帮主。估计帮主死也想不到,自己常用来铐别人的手铐,居然会起到这样的作用。眼看着帮主面贴地地趴在地上,余一紧绷着的神经一下放松开来,他一屁股坐倒在地。低头喘气半天,抬头看看女孩,朝她微微一笑,这一笑传达了巨大的力量和温暖,女孩也报以一笑。

"你叫什么名字?"余一问。

"我叫晓洁,拂晓的晓,洁白的洁。"

这时帮主将脸撑了起来,说:"你,你……"

余一对着他的腿使劲打了一铁棍,疼得帮主杀猪般嚎叫起来。

"给我闭嘴，不准哎哟，再哎哟一声打三棍！"

帮主不哎哟了，只是嘴里"呼呼"地喘着粗气。

余一将脸上的痦子拽了下来，命令帮主："抬头看看我是谁。"

帮主抬头，看了半晌，说："你，你……"

"他妈的！"余一骂了一句，帮主赶紧缩头，不过这次余一没打他。"老子叫余一，就是你照片上的那个人，住在蛋里，和你女儿书冉是好朋友！她这么好的姑娘，怎么会有这么个混蛋爹！钥匙在哪里？"

"什么钥匙？"

"别跟我装糊涂，那个梯子的钥匙！"

"那个锁是坏的，不需要钥匙。"他说，"一拉就开。"

余一一怔，跟晓洁对视一眼，两人皆露出不敢相信的神色。

押着帮主走到那梯子旁边，余一握住锁，用力一拉，"咔吧"一声，锁开了。果然是坏的！

晓洁登时满脸懊恼，琢磨了整整几年，日夜想找到它的钥匙，没想到它根本不需要钥匙！

余一和晓洁拿来电筒，将梯子支好。他叫晓洁先爬上去，自己在底下看押帮主。晓洁爬到了顶端，在电筒光的照耀下，余一看到那果然是个井盖。晓洁使劲一撑，应手而开。余一押着帮主也爬了上去。正是深夜，繁星满天，万籁俱寂。他深深地吸了一口气，感到肺腑之间一片清新。空气不再冷冽，而是暖洋洋的，已经是春暮了。

他环顾四周，突然张大了嘴巴——他看见在前方不远处，赫然排列着五个蛋形蜗居！他有点不敢相信，使劲揉了揉眼睛。没错，是紫穗山庄，是自己的蛋形蜗居！

转了一大圈，居然又回到了原地！

他看了看脚边的井盖,突然明白了一切:原来青青和李定在夜间听到的隐隐约约的女人的叫喊,就是晓洁发出的。原来自己一直住在帮主的头顶上!怪不得当初梅翔要把排水管伸到这个井盖里,徐阿姨极力制止,并且用言语让他们产生惧意,从而不会靠近它。徐阿姨本来住在物业公司的宿舍里,后来要自立门户,与帮主明争暗斗,这才将"指挥部"迁移到这里。

原来——是这样!

余一照着帮主的腿弯踢了一脚,他"扑通"跪倒在地,又一脚,叫他趴在了地上。"别动,别出声。"余一低声命令。他把铁棍交给晓洁,"他一动你就给他一棍。"然后他走到徐阿姨的屋前,"啪啪啪"地拍门。

"谁?"徐阿姨在里面问。

"我,徐阿姨,我是余一。"

徐阿姨开了门。"哎呀,余一,你怎么是这个样子? 阿姨都认不出来了! 你这是从哪里来呢? 你不是回家了吗? 怎么这么久一点消息都没有? 打你手机总关机……"问题如连珠炮一般滚滚而来。

余一笑了笑,说:"现在没时间解释,我正有紧急的事。您的手机借给我用一下,还有,您有绳子吗?"

"有有有,你先进来,你要绳子干什么?"

她转身拿来了绳子和手机。

余一接过,也不客气,一把将她拽出来,底下扫了一脚,将她撂倒在地,按住就捆了起来。徐阿姨大声尖叫起来。

"别叫,再叫我打死你。"余一说。

她顿时鸦雀无声。

捆完，余一将帮主押了过来，用剩下的绳子将帮主的双脚也捆好，叫他俩对面而跪。不知怎地，这让他想起杭州岳飞墓前秦桧和他老婆的跪像。"老相识了吧，给你们创造机会互诉衷肠。"余一揶揄道。两人对视一眼，又看看余一，怎么都想不通这是怎么回事。余一用徐阿姨的手机拨通了唐醋的电话，自从卧底后，他在脑袋里牢牢地记着这串号码，幸运的是，唐醋没有关机。"唐醋，我是余一，我逮住大鱼了！你现在赶紧来紫穗山庄，我在蛋形蜗居前等你。"他说。

然后他检视了一番，李定夫妇不在屋内，这在余一料想之中——他们都在丐帮内当小头目，现在应该在两个分舵里睡觉。书冉也不在"行宫"之内，想必是自己不在，她也没兴趣住在这里。他去徐阿姨的屋里找到钥匙，打开了自己的屋门，叫晓洁进去休息一下。晓洁满脸惊奇——她也有点搞不懂状况了。余一笑着对她说："我以后会跟你解释。这是一个很错综复杂的故事。"

半个小时后，唐醋气喘吁吁地跑了过来。她看看在地上跪着的两个人，又看了看已经"面目全非"的余一，陡然明白了一切。她眼睛里突然有泪花涌出，跑了过来，紧紧抱住余一。"你受苦了！"她的声音有点哽咽。

进京几年来，第一次，余一的心里充满了自豪。

接下来的事也不轻松，余一要协助警方审讯和抓人。余一惊奇地发现，帮主的老婆、书冉的妈妈，也被带到警察局里接受审讯。夫妻俩青春离别，中年重会，交代起问题来居然配合默契，颇有夫唱妇随的感觉。

原来，那年，帮主老婆正怀有身孕，一天帮主半夜起来上厕所，发现一个人正在偷自家东西。他抄起一根棍子，蹑手蹑脚地靠近，对着那小偷的腿，死命一棍，登时叫那小偷一命呜呼。小偷是个老年乞丐，有着严重的心脏病，帮主一棍下去，他的心脏无法承受，只好彻底休息。夫妻俩慌作一团，紧急商议之后，决定将老丐拖到荒郊给埋了，然后帮主跑路。如果事后无人发现，他再返回故乡。结果二十几年来从没有人发现，帮主却惶惶若丧家之犬，四处流浪。原因是他的妻子在骗他。她生得美，花姿柳性，一直都很不安分。结婚前就有一个秘密情夫，两人已做了很久的露水夫妻，且这段孽缘还有了个结果——书冉。她很怕事情暴露，更想和情夫长相厮守，所以一直骗着帮主，跟他说这件事已经被公安局发现，闹得沸沸扬扬，所以千万不可回来。帮主自然信以为真。他在全国各地辗转流浪，除了老婆从不敢和别人联系，这让他老婆的谎言从无被戳穿的机会。

但他牢牢记着自己还有个孩子，所以即便颠沛流离，也不忘努力挣奶粉钱，并源源不断地往家里寄。这让他老婆在家乡对左邻右舍撒另外一个谎时，撒得理直气壮：我老公出门挣钱了，他有志气，挣不到大钱决不回来！但年深日久，人们慢慢地忘记了帮主的"大志"，倒是接纳了帮主夫人和另外一个男人同居的事实。这个男人，便是她的情夫，书冉的亲生父亲。由于一个无名老丐的死，他得以被"扶正"。

书冉小时候就被乡邻告知，自己的亲生父亲在外挣钱，如今的父亲是"后爸"。她常常质问她妈，她妈也不敢告诉她实情，只能将错就错，顺着那个谎言说下去。这一说，就说了二十几年。而帮主就在危险之中、惊恐之中、罪恶之中，辛苦地供养着别人的老婆和别人的孩子。

当警察用审讯技巧揭开了这个长达二十几年的秘密,帮主发出一声嚎叫,像是用回光返照的那一刻的力气,戴着脚镣手铐,隔着桌子,飞身鱼跃过来,一口咬住了书冉妈的胳膊。突如其来的状况让警察都方寸大乱,大家死命将他们分开时,帮主满嘴是血,咬着一块肉,面目狰狞……

目睹了这一幕,余一深深叹息。他立即想到了书冉:她会不会受到牵连?唐醋说,书冉对这一切一无所知,所以肯定不会有什么法律上的牵连,不过,她的房子是帮主寄钱买的,可能最后会被没收。当初帮主希望将房子买到紫穗山庄,离自己的藏身之地近一些,但没想到紫穗山庄不止一处,买错地方了。所以他后来要求书冉妈将房子重新调换,不过由于书冉的坚决反对而没有得偿所愿。如果警察去驱逐书冉,接收房子,书冉肯定就会知道这一切。

"她会不会恨我呢?如果我没去卧底,帮主就不会被抓,她的生活就不会被破坏……"余一有点不安。

"多行不义必自毙,帮主落到今天这个地步,是罪有应得,是迟早的事,你又没有做错什么。"唐醋安慰她。

虽说如此,余一到底不能释怀。他迫不及待地要去看看书冉。

第十章　归去来兮

　　敲开书冉的门时,书冉一脸惊喜,欢呼道:"大叔! 你……你回来了! 你怎么一点消息都没有!"凝视余一片刻,眼泪夺眶而出,合身扑进了余一怀里。

　　余一紧紧地抱着她,眼前也是模糊一片。患难中发现的真情,犹如在战场上结下的友谊,很难有什么关于利益的考量能够破坏它吧? 此时此刻,余一终于放下了洛宛,接纳了书冉。对于她的拥抱,他迎合得前所未有地舒适。他抚摸着她的肩背,对她"你怎么也不联系一下我,怎么手机总是关机,你到底去哪了"之类的抱怨不予理睬,蓦地将她翻转过来,用左胳膊搂住她,稍一凝视,便俯身下去,吻住了她娇美的唇。

　　这是他们第二次接吻,但不再是一个无所依归的吻。余一在她的唇上辗转求索,犹如采蜜的蜜蜂,迷乱,沉醉,心旌摇荡……一吻终了,书冉躺在他怀里,眼睛明亮地瞧着他。她的两腮有红云飞舞,姗姗来迟的情投意合像是久旱的甘霖般浇灌了她的心花,她整个人似乎就要绽放出花瓣来。余一也是双颊火热,两个人就这样无声地凝视着,各自的微笑却像微风一般朝对方的眼睛里吹去……

　　良久,书冉才娇嗔地问道:"坏蛋,你到底在干什么,是不是发生了什么事? 怎么这么久都不联系我?"

余一的心绪从意乱情迷中回转过来,他张了张嘴,却有点不知从何说起。——其实我们一直相距不远啊,余一想,你常常站在我头顶上发呆,只是我们谁都不知道。还有你的"父亲",这些年来他一直在关注着你,用偷偷摸摸的拍摄来了解你的生活,给你买房,供你出国。如果有一天你知道了真相,将会对这个可悲的"父亲"作何感想呢?

他看着书冉发愣。后来突然一笑,说:"你是不是认识了一个同性恋?"

书冉一脸惊讶:"你怎么知道?对了,你猜他是谁?他就是那回下雪时用雪堆了个灰太狼叫我下去给他看的'色狼'!好巧!我们俩都喜欢雪,聊得可开心了。我告诉他那个熊猫是你用雪堆的,他就很想见你。我还担心他会喜欢你呢……"

"嘿嘿嘿,他不会喜欢我,因为他已经有男朋友了。"余一笑道。

"这你也知道?这几个月你到底在干什么啊?"

余一再一次答非所问:"书冉,我问你,如果你现在一无所有了,比如房子没了,亲人也没了,就跟那些经历了汶川地震后的孤儿一样——原谅我用这样不吉利的比方——你会害怕吗?会不会难以生活下去?"

书冉惊得坐了起来:"大叔你不要吓我,到底怎么了?你为什么这么问?"

"我会跟你解释,现在你想想我的问题,然后回答。"余一说。

书冉便认真地想了一下,答道:"我不会害怕,我有知识有能力,完全可以从头再来,很好地养活自己。再说,我现在还有了你。"

一句话叫余一心头轻松了许多。是的,书冉年轻、漂亮,而且有知识有能力,这是帮主在授之以鱼外的授之以渔,所以她即便遭遇了沉重的打击,也会像熬过寒冬的花树一样,重新绽放美丽花朵的。何况现在还有了自己,经历了这一切,自己已经无所畏惧,会陪着书冉面对所有的艰难险阻的。

余一重新把书冉拥到了怀里。"不管发生什么事,都不要放弃希望,都要好好地、健健康康地生活。"他在她耳边说。

他想,也许即将到来的暴风骤雨,对书冉来说也未尝不是好事吧!他觉得莱布尼茨的"单子论"也许是对的:上帝在安排一个人的命运时,早已经综合考虑了周围人的命运,给他们安排好了故事的开端、过程和结局。在这一干人之中,他是最早认识了书冉,完全无意和偶然的网络相遇,谁能想到会牵扯出这样的事呢?唐醋、李定、青青、徐阿姨……都是偶然相遇,而这些偶然,竟能凑出这样的一个必然。

于是,他一五一十地向书冉描述了事情的本末。

结果是出乎意料的。他原以为以书冉的性格,定然有非常激烈的反应,然而书冉听完,却只是哆嗦着嘴唇,脸色苍白地瞧着他。他从来没见过她的眼睛里能包含着那么多的东西:震惊、哀伤、怀疑、迷茫……看得余一害怕起来,他把书冉抱在怀里,居然想说"对不起"三个字。

书冉静静地叫他抱着,半晌,突然推开了他,说:"我想去看他们。"

余一和唐醋陪她一起去看守所。在等待的间隙里,余一和唐醋聊起了徐阿姨。唐醋说,徐阿姨遇到余一真是幸运又不幸——当时如果不是余一突然出现,使偷拍男和帮主制造的车祸功亏一篑,徐阿姨可能早就死于非命了。但余一救了她的命,却又亲手将她打入图囿之中,这是幸运中之大不幸。余一这个时候才知道,原来徐阿姨是南方某省的一个贪官,由于贪污太多,心里不安,于是在行迹还没败露之前突然消失,改头换面,成为北京一个居民小区紫穗山庄的绿化工人。但她的身份可以掩盖,那一颗不安分的心是无法自甘平淡的。几年过后,她见风平浪静,以为可以在万里之外的异地他乡低调崛起,没想到最终还是难逃恢恢法网。

"徐阿姨对你是真好。"唐醋对余一说,"你的蛋形小屋一直没有拆除,就是她在暗中拼力保护。你知道她为什么这么喜欢你吗?除了你救过她,还有另外一个原因。"

"是什么?"

"她有一个儿子,和你差不多大。也是大学毕业,理想主义者,和你非常相似。她潜逃在外,不敢和家人联系,对爱子的思念都投射到你身上了。"

余一喟然叹息。他想起最初相遇时,她借钱帮自己渡过难关。那次正义之士差点就拆了自己的蛋居,若非她及时打了个电话给他们的领导,自己的一句"上面有人"是根本不能起作用的。还有那个乞丐从自己背后踹了自己一脚,她严厉地惩罚了他,为自己报仇雪恨……所谓盗亦有道,她对别人也许设心不正,可对自己,却是真心实意地好吧。这么一想,内心情绪有些复杂。

"对了,徐阿姨究竟对帮主说了一句什么话,叫他一直不敢对她动手呢?"余一问。

"这句话嘛,说出来也无味得紧。你想知道吗?"

"既然说出来没有不说出来有意思,那我还是留下一个悬念吧。"余一笑着说。

他接着又问:"徐阿姨说和那个大人物是亲戚,是不是真的啊?"

"假的。怎么可能是真的?狐假虎威罢了,帮主被她骗得好惨。"

余一不禁哑然失笑。

两人又聊起李定夫妇。对他们,余一是有歉意的,他们本是品性纯良的年轻人,若非遇到自己,也不会变成这样。"可是他们若不是遇见你,李定的病还好不了呢。而且他们的行为不算恶劣,可以免去牢狱之灾。更重要的是,有了这样一番经历,对他们以后的人生也会有好处。"唐醋这样安慰他。他也只有苦笑一下。

几人等了半个小时,没想到徐阿姨拒绝探监,生气?还是羞愧?就无从所知了。

书冉回来后,就变得沉默寡言。余一很有些担心,所以一直住在她家里看着她。她也不请假,每天照常工作。余一知道她在工作时也会魂不守舍,但总比闷在家里好,所以倒也不劝阻。两人无事相对时,书冉有时会长久地盯着他,满眼的迷茫之色让余一也很迷茫。有时她却又钻进余一怀里,像小猫似的蜷缩着,一声不吭。余一想这是强度最大的休克疗法,她正在经受这一切。他对她有满腔的爱怜,却不能代她来承受,只能静静地等待她缓转的一天。

书冉不在身边时,他就奋笔疾书,将《满城乞丐》画上句号。完稿后考虑一下,又增加了一篇,名为《光明面》。然后找出当时杨文留下的名片,给他打了个电话。没想到杨文对他印象深刻,接到他的电话很高兴,立即邀请他去公司谈。更没想到,余一在那里偶遇了那两个以自己的"身体写作"治好了李定的性功能障碍的美女作家。原来她们是杨总麾下的签约作者。余一想起其中一位写的一篇著名文章:

《我拿的是稿费,不是嫖资》,便很羡慕她们,她们可以像公务员一样,每月拿着杨文给的钱,安心地搞"身体写作",这是许多写手梦寐以求而不可得的。余一代替李定向她们表达了感谢——这兑现了当初他对李定的承诺——搞得她们有点莫名其妙。

杨总想出余一的那本《忍冬藤》,但余一说《忍冬藤》是游戏笔墨之作,这本《神都闻见录》却是正餐,如果杨总答应将它出版,则《忍冬藤》是小菜一碟,自己很快可以写出来。杨总看过书稿后答应了,这类书本也在他们的产品线以内,只不过印量很低,因为它不具有畅销气质。他告诉余一,像那两位美女作家的作品就有畅销气质,他让余一多多向她们学习。余一想起那个一开篇就抚摸女同事大腿、和自己的舅妈乱伦的小说,就问杨总这本书的命运如何,杨总告诉他这本书已经出版上市,印量很大。"那样的书才畅销,可惜我没抢到。"杨总不无遗憾地说。他的话让余一很绝望。

他拿着杨总给的一点可怜的预付款,还有一点"行骗"的收入,回到紫穗山庄。他看到好多人围在那里,观看正义之士们辛勤地"砸蛋"。自己将丐帮的巢穴一举捣毁,却也使自己的蜗居失去保护。

他早知道这些蛋会有这样的命运,他本来早就为这一天的到来埋好了伏笔,做好了计划,但这一天真正到来时,他却真正地伤感起来。本来他想,这本书区区两千册的印量,是自己灰心丧气的来源;此时此刻,他想得更多的是,他的蛋和他的滚蛋生涯,就此结束了。就算自己招来记者,大肆报道,然后再抛出那红卖身资助自己写作的故事,又能怎么样呢?而这本书,他的成名大作,一开始以为可以借此沽名钓誉、报仇雪恨,现在区区两千印量,杨总也并不看好,可是现在的他也不在乎了,况且他想要什么名,他想报什么仇,也越来越不清楚了。

他想,也许自己去争取一下,还可以拖着蛋继续滚,继续在这个城市的漏洞里穿行不止,可他悲哀地发现,自己已经没有了那个心劲。这一枚"运动蛋"之所以能在紫穗山庄里作短暂的停留,并且孵化出另外几个蛋,说到底还是仰仗了徐阿姨的力量,是她顶住了那堵高墙的压力。现在自己将她送入囹圄,唇亡齿寒,鸡飞蛋打。"每个人都是一个蛋",村上春树说。这个短暂存在的蛋形乌托邦,终于不堪现实的一击。

书出版后,他带了一本,去参加媒体圈的足球赛。主编也在那里。他更加肥硕,四十几岁的人,脑袋已经成了"穷发之地",寸毛不生了。余一想,此人的脑袋和身形,都成了大人物的样子。据说他现在的收入比以前更加丰厚,官职也在升高,现在已经是副社长了。余一最初设想的报复行动,如今看来真是幼稚可笑。自己这个前小喽啰,他恐怕已经没有印象了吧?如果你的敌人早就遗忘了你,那你十年磨一剑,即使将他一剑封喉,还有什么快感可言呢?何况,自己磨的这把剑,这本《神都闻见录》,印量只有区区两千册,这轻如鸿毛的桃木剑,能伤得了这位牛鬼蛇神吗?但他还是决心一试。

他请求朋友将自己分在与主编敌对的球队里,踢前锋。主编踢后卫,正好可以和他正面较量。他没想到的是,主编居然认出了他,他向余一打招呼,笑容和蔼可亲,似乎两人中间从未发生什么芥蒂似的:"好久不见了,怎么一直没有你的消息了?最近还好吧?"

余一冷笑了一声,说:"托你的福,很好。"此话说出,余一突然觉得自己的这句话无比地真实:的确,自己现在感觉很清爽,尽管这本呕心沥血之作只有区区两千册的印量,但它真的将自己的抱负、才华、追求,一举实现。而这一切,最初的动因就是主编,自己现在能在精神上高举大旗扬眉吐气,的确是托主编的福啊。

比赛开始后,余一无比神勇,感觉像是打了鸡血一般。他拿球后总想找主编单挑,脚下的花哨动作晃得主编跟跟跄跄。甚至有一次,他已经晃过了主编,却还要停在当地,等主编追上来,再过他一次,然后再射门。这意图谁都能看出来,这是明火执仗的戏耍和羞辱。余一觉得很痛快,但仍然不满足,便在主编有一次带球时,飞身铲了过去。那凌厉和恶狠的动作,让主编肥硕的身躯高高飞了起来,然后"砰"地落到地上。这是一次达到高潮的犯规举动,裁判立即向他出示了红牌,将他罚下场去。但主编也被他废了,腿上鲜血直流,一瘸一拐地也走下场来。他当然知道这是余一的故意犯规,但看着余一那阴狠的眼神,居然连找余一表达下不满的举动都没有。他一直避着余一的眼睛,不与他对视。余一想,以此人的阴险,他应该是在心里暗暗筹划对付自己的办法吧?但也许,他知道自己对他满腔怨恨,就想让自己这次全部发泄出来,然后息事宁人算了。光脚的不怕穿鞋的,自己光脚,他穿鞋,他是大人物,没必要跟自己这种小虾米结怨。

想到此处,余一的气焰更嚣张了。他将《神都闻见录》掏出来,走到主编那里。此时他正坐在地上检查伤处。余一将书朝他面前一扔,大声说道:"刚才踹你那一脚是泄私愤,现在是公愤。这是老子刚出的书,你捡回家好好拜读拜读。前面的序言要尤其仔细地拜读。那里面写了一个报社主编,营私舞弊,收黑钱,打压手底下正直的记者,包庇罪恶,欺压良善——这就是写你的。我知道你现在还在干这些事,你别以为你可以一直逍遥法外。送你一句话:多行不义必自毙,你迟早会有报应! 今天这就算一个小小惩罚。"

余一慷慨激昂,声音很大,连场上的比赛都停了,大家都听到了他的话。主编涨红着脸,却一直没有站起来。余一将心中长久憋着的一口气当众吐出,终于觉得痛快极了。他说完,环顾一下四周,看见众人都盯着自己,个个眼神复杂。他毫无遗憾。

还有一个"仇"。他去见了一下洛宛,在"光明面"里见的。刁友乾被羁押讯问,她在那里托关系走门路,想"捞"他出来。她看起来很憔悴,像是陡然间苍老了许多,之前的花容月貌艳光四射,现在如QQ头像隐了身,一下变成灰暗的了。余一想自己干了这些事,主编和她是最大刺激因素,可最后,自己对主编有报复的快感,而对她,竟然是满心的同情。

他劝洛宛不要试图"捞人":"你老公就是由于爱来这个'光明面',所以才落得个如今的下场,你还不引以为戒吗? 这个'光明面'黑暗得很,你还是少来为好。"但她不听,连脖子上的翡翠项链都给卖了,还在徒劳地四处使钱。余一再次劝诫她,这是行贿,不要偷鸡不成蚀把米,没救出刁友乾,倒把自己搭进去了。但她仍然不听。她对余一很冷淡,大概认为余一一直存着心想报复她,所以才会"陷害"刁友乾,如今又来猫哭老鼠,哪里能安着什么好心? 这倒是冤枉余一了。余一确实是想报复她,但他只不过是想做出一件英雄壮举,然后在她面前耀武扬威罢了。谁能预料到刁友乾正好撞到自己的枪口上呢?

余一对洛宛无可奈何,但也问心无愧。

当天夜里他半夜醒来,再难入睡。想起了妈妈,想起很小的时候在家乡的某个地方的某个场景。这让他很惊讶,因为这么多年来从未想起过这些。这个场景像是飞鸟的影子,绕着地球飞了一圈,又回到了自己的记忆里。

他突然想回到家乡去。

近年来有一个"逃离北上广"的口号,余一最初是不以为然的,觉得逃离的行径是懦夫所为,而如今,自己在将一个巨大而渺小的抱负实现了之后,发现北京再也无可留恋,没有什么需要在这里坚持获取的了。当初他看王小波的《万寿寺》,里面的薛嵩光着屁股,用篾条吊起龟头,扛着一根铁枪去湘西建功立业,但他建立的丰功伟业,只是建立了一个凤凰寨供他的雇佣兵居住,并且抢了红线为妻。自己当年大学毕业,扛着一袋书,垂着裤裆里的龟头,只身进京来建功立业,结果连薛嵩都不如,只建立了几个蛋,最后还碎了,自己是个彻头彻尾的失败者呀。

"京城不宜居。"他对书冉说,"我在这里过得很失败。我觉得这几年来我的职业就是失败,我是一个职业失败者。"

"但你有了我呀,难道你不认为这是最大的成功和胜利?"书冉娇嗔道。此时的她,休克疗法已经结束,并且取得了很好的疗效。她哀伤而喜悦地接纳了这一切。哀伤为自己的父母,喜悦为自己的爱情。余一很不明白,她又有钱又漂亮,为何偏偏看上自己这个"蛋黄派"呢? 问她,她的回答语焉不详,但足以让自己满意:"好像有原因,好像又没有原因。但总之就是想看到你,想和你在一起。只要待在你身边,就放松、舒服、温暖。可你那时候心里只有个洛宛,气死我了!"她问余一:"你是什么时候喜欢上我的?"余一说:"其实一直都喜欢你,只是自己不敢承认。觉得和你条件悬殊,压根就是八竿子打不到一块去。使我解开了这个心结的还是在丐帮总舵里看到的那几张照片,你站在我的小屋前发呆。那一刻我心脏都疼了,发誓要好好对待你。"

"好好对待我的方式就是把我搞得一无所有?不过这样也好,你终于不必因为我是'富家女'而跟我有隔膜了。现在咱们都是穷光蛋,要携起手来,一起为美好生活而奋斗!"

"说得好!"余一霍然而起,"哪儿也不去了,就在北京继续干!我就不相信我不能在北京城里建功立业,打出一片自己的天空。书冉,到时候我们买一块地,建一幢别墅,就建成蛋的模样!不过,我要回一趟老家,看看妈妈。你跟我一块回去不?她要是见了你,一准高兴。"

"你去哪我都跟着你。"书冉说。

她对余一嫣然一笑,百媚丛生。

图书在版编目（CIP）数据

蛋碎乌托邦/余一著. —杭州：浙江大学出版社，2011.8
ISBN 978-7-308-08893-0

Ⅰ.①蛋… Ⅱ.①余… Ⅲ.①长篇小说－中国－当代
Ⅳ.①I247.5

中国版本图书馆 CIP 数据核字（2011）第 144095 号

蛋碎乌托邦

余 一 著

策 划 者	蓝狮子财经出版中心
责任编辑	王长刚
出版发行	浙江大学出版社
	（杭州市天目山路 148 号　邮政编码 310007）
	（网址：http://www.zjupress.com）
排　　版	杭州大漠照排印刷有限公司
印　　刷	杭州杭新印务有限公司
开　　本	880mm×1230mm　1/32
印　　张	6.875
字　　数	148 千
版 印 次	2011 年 8 月第 1 版　2011 年 8 月第 1 次印刷
书　　号	ISBN 978-7-308-08893-0
定　　价	26.00 元